청춘의 집,
아우어하우스

Bov Bjerg : Auerhaus. Roman

ⓒ Aufbau Verlag GmbH & Co. KG, Berlin 2015 (Published with Blumenbar; ≫Blumenbar≪ is a trademark of Aufbau Verlag GmbH & Co. KG)

Korean Translation Copyright ⓒ 2017 by SOLBITKIL

All rights reserved

The Korean language edition published by arrangement with Aufbau Verlag GmbH & Co. KG through MOMO Agency, Seoul.

* 이 도서의 국립중앙도서관 출판예정도서목록(CIP)은 서지정보유통지원시스템 홈페이지(http://seoji.nl.go.kr)와 국가자료공동목록시스템(http://www.nl.go.kr/kolisnet)에서 이용하실 수 있습니다. (CIP제어번호 : CIP2017014746)

청춘의 집,
아우어하우스
Auerhaus

보프 비에르크 지음 · 이기숙 옮김

솔빛길

모든 등장인물은 가공인물이며
이야기 속의 모든 사건은 시효가 만료되었다.

1

베라는 아래로 불을 비췄다. 계단에 프리더가 쓰러져 있었다.

"우는 거야?" 내가 물었다.

"웃고 있어." 베라가 말했다.

프리더는 머리를 계단 위쪽으로 두고 누워 있었다. 털모자 아래 두 눈은 가늘게 뜨고 있었다. 프리더가 킥킥 웃었다. "내가 그랬어! 내가 그랬다고!"

나는 프리더의 몸을 넘어 계단 아래로 내려갔다. 그의 장화 밑창에서 눈이 부스러져 떨어졌다. 계단 아래쪽에 도끼가 놓여 있었다.

현관문이 삐걱 소리를 냈다. 눈송이가 내 맨팔 위에 떨어졌다.

온 마을에 불이 나갔다. 집집마다 창문 너머에 촛불이 켜져 있었다. 나는 방금 눈에 찍힌 프리더의 장화 자국을 보고 그 흔적을 따라갔다.

발자국이 방향을 알려주었다.

발자국은 현관문에서 길 쪽으로 가다가 건너편 자이델 씨 집을 지나 주택들을 따라 나 있었다. 이어 퇴비 더미 울타리로 올라가더니 눈에 파묻힌 언덕을 돌아 다시 아래로 내려갔다.

자동차 한 대가 아주 느리게 지나가며 뽀드득 소리를 냈다. 눈보라 속에선 전조등마저 평소보다 천천히 불빛을 비추는 듯했다.

마을 광장에 이르자 프리더의 발자국은 새로 내린 눈에 묻혀 사라졌다. 광장 한복판에서 오렌지색과 파란색 불빛이 깜박거렸다.

눈이 그쳤다. 그 순간 다시 전기가 들어왔다. 창문에 불이 켜지고 가로등은 밝은 빛으로 타올랐다. 페니 슈퍼마켓에 딸린 주차장 조명에도 불이 들어왔다. 폴크스 은행의 네온사인 불빛이 씰룩거렸다. 마을 광장엔 동네 화물차와 폴크스바겐 딱정벌레 경찰차가 서 있었다. 그 옆에 크리스마스트리가 쓰러져 있었다.

방금 전까지만 해도 크리스마스트리는 건물들 위로 솟아올라 천여 개의 전구로 광장을 비춰주었다. 지금은 주차된 차량들 사이에 쓰러져 있었다. 전구엔 불이 들어오지 않았다.

8

보가츠키가 모자를 들고 만지작거렸다. 마을 경찰관이었다.

그는 다시 모자를 썼다.

그리고 다시 벗었다.

농가에서 온 남자가 크리스마스트리 줄기 위로 몸을 굽혔다. 그는 땅바닥에서 절단된 전선을 주워 보가츠키 코앞에 내밀었다.

나는 발자국을 되짚어 돌아갔다. 두 사람의 장화 자국이 나란히 나 있었다. 프리더 것과 내 것이었다. 하나는 집 쪽으로, 다른 하나는 마을 쪽으로 찍힌 발자국.

도로와 건물 지붕이 눈으로 반짝거렸다. 나는 퇴비 더미 울타리로 뛰어올라가 환하게 빛나는 퇴비 주변을 한 바퀴 돌았다.

프리더는 성탄 전야에 마을 광장에 세워둔 대형 크리스마스트리를 베어버렸다. 나는 한 바퀴 더 돌았다.

이건 이야기의 시작이 아니다. 이야기의 끝도 아니다.

나는 또 한 바퀴 돌았다.

그러나 이건 프리더에 대해 누구나 알아야 하는 이야기이다.

자이델 씨 가족이 성탄 전야 미사에서 돌아오고 있었다. 저 사람들 눈에 띄지 않는 게 좋았다. 달랑 티셔츠만 입고 있던 나는 눈 덮인 언덕 뒤로 몸을 숨겼다.

2

프리더와 나는 오래전부터 한 반에서 공부했다. 우리 둘 사이에 무슨 큰 문제가 있었던 적은 없었다.

여하튼 그 일이 일어났을 때 나는 거기에 없었다. 그러니 당연히 무슨 일이 생겼는지도 듣지 못했다. 나는 엄마의 진상 남자 친구가 다시 지긋지긋해져 며칠 집을 나가 있었다.

엄마의 진상 남친. 친구들한테 엄마 남친 이야기를 할 때면 나는 그를 울엄남친이라고 불렀다.

프리더는 처음에 우리 엄마 남친을 너네엄마남친이라고 불렀다. 이 이름은 너무 장황하고 별로 기발하지도 않았다. 얼마 후 그는 우리 엄마 남친을 넌엄남친이라고 불렀다. 이것도 신통치 않았다.

이제 프리더는 우리 엄마 남친을 나와 똑같이 울엄남친이라고 불렀다. 자기 엄마가 아닌데 이렇게 부르는 것도 이상했지만, 뭐 어쨌든 상관없었다. 나는 형제자매라곤 여동생 둘밖에 없었다. 그래서 프리더가 우리 엄마 남친을 나처럼 울엄남친이라고 부를 때마다 남동생이 생긴 기분이었다.

아무러면 어떤가.

엄마 남친은 몇 해 전 우리가 사는 집으로 들어왔다. 그때부터 그는 우리 집을 뜯어고쳤다. 엄마 남친은 키가 나보다 머리 하나 만큼 작았다. 천장이 너무 높았던 탓에 그는 사방에 목재 천장을 덧대며 방을 하나씩 둘씩 수리했다. 내가 옆에서 그 일을 도와야 했다. 그는 내가 만사에 약해빠지고 너무 서투르다고 끊임없이 지적을 해댔다. 정말 미쳐버리게 화가 났다. "장도리 좀 줘 봐! 넌 그게 뭔지도 모르니?"

엄마 남친 때문에 나는 양계장에서 일해 번 돈으로 텔레비전을 하나 따로 샀다. 휴대용 소형 텔레비전이었는데, 뽑았다 넣었다 하는 안테나가 달린 것이었다. 집에 있을 때 난 내 방에 들어앉아 텔레비전을 봤다. 시리즈물도 보고, 흘러간 영화도 보고, 뭐든지 다 봤다. 일요일 오후가 되면 텔레비전에서 단란한 가정을 그린 흑백 드라마를 했다. 그것까지 모조리 챙겨봤다. 다시 엄마 남친을 도와야 할 때만 빼고.

엄마 남친은 붓을 다루는 일을 했다. 그러나 풍경이나 사람이나 뭐 그런 걸 그리는 화가가 아니라 벽 같은 곳에 칠을 하는 도장공이었다. 페인트를 반반하고 고르게 바르는 법을 배워 지금은 숙련공이 되었다. 그는 도배도 배웠다.

함께 거실을 도배하는 동안, 엄마 남친은 자신이 계산을 잘못해 벽지가 모자란다는 걸 알았다. 그는 벽지를 더 사오려고 차를 몰고 나갔다. 나는 베라와 했던 약속을 이미 취소한 터라, 이젠 그녀도 못 만나고 벽지도 없는 거실에서 졸지에 바보처럼 멀거니 서서 엄마 남친이 올 때까지 기다려야 했다.

나는 벽에 붙은 벽지 찌꺼기를 도배 주걱으로 긁어냈다. 그리고 지하실에서 주택 기단부에 칠하는 갈색 페인트를 가져왔다. 나는 속이 다 드러난 거실 회벽에 붓으로 이렇게 적었다. '개자식 바보 병신 멍청이'.

그런 다음 벽지를 바르기 시작했다. 나는 엄마 남친이 돌아오면 내가 그린 글자가 자기를 뜻한다는 걸 모르기를 바랐다. 알게 되면 또 고래고래 소리를 지를 테니까. 엄마 남친은 남들의 비판에 무척 예민하게 굴었다.

나는 기다란 벽지를 몇 장 잘라 풀을 발랐다. 벽지를 위아래로 움직여 알록달록한 마름모무늬를 서로 맞춘 다음 솔로 반반하게 쓸었다.

엄마 남친이 돌아왔을 때 글자는 벽지 뒤로 사라지고 없었다. 한쪽 벽이 거의 완성되었다.

"제법이네." 엄마 남친이 말했다.

나는 무거운 풀 때문에 벽지가 느슨해져서 하나씩 둘씩 아래로 떨어져내릴까 봐 겁이 났다. 마음속으로 난 이미 벽에 써놓은 글자들을 읽고 있었다. 벽지 세 장이 떨어지면 '개자', '병신'이 나오고, 여섯 장이 떨어지면 '개자식', '바', '병신', '멍청이'가 드러난다.

그러나 벽지는 떨어지지 않았다.

"빨리 끝내는 게 좋겠어요." 내가 말했다.

나는 삐져나온 부분을 벽지 칼로 도려냈다.

"각목이랑 나무판자를 사왔다. 내일 복도 천장을 떼어내자." 엄마 남친이 말했다.

이 말이 내게 신호탄이 되었다. 나는 짐을 싸서 자전거를 타고 들판을 지나 베라에게 달려갔다. 다음 날 우리는 히치하이킹을 하며 베를린으로 향했다.

우리는 걸핏하면 며칠씩 가출했다. 베라의 오빠가 있는 뮌헨으로도 갔고, 암스테르담이나 보덴 호수로도 갔다. 학교에 내는 사유서는 우리가 직접 작성했다. 베라는 우리 엄마의 서명을 꽤나 그럴듯하게 위조했고 나는 베라 엄마의 서명을 흉내 내어 적었다.

대학입학 자격시험인 아비투어가 끝나면 나는 하루라도 빨리 베를린으로 갈 생각이었다. 그곳엔 아직 한 번도 가본 적이 없었다. 그곳에 살면 군대에 갈 필요가 없다는 것과, 장벽이 도시 한 가운데를 지나간다는 것만 알고 있었다.

우리는 베라 오빠의 지인 집에서 묵었다. 커다란 방 하나만 있는 집이었다. 방에는 원목 패널과 널판과 방책 들이 잔뜩 들어차 있어서 지나다니기가 힘들었다. 그 지인은 그걸로 뭔가를 만든다고 했지만 난 그게 뭔지 몰랐다. 방 중간에 층을 하나 만들든가 아니면 방을 가로지르는 다리 같은 것을 만들든가 뭐 그런 거였다. 여하튼 큰 방 하나와 작은 부엌이 있는 집이었다. 베라는 방에서 자고 나는 부엌에서 잤다. 베라는 공간이 비좁아 어쩔 수 없다고 했는데 나는 그 말을 믿고 싶었다.

베를린에서는 지하철이 2~3분에 한 대꼴로 다녔다. 집에서 나가기 전에 운행 시간표를 볼 필요도 없었다. 그냥 지하철역으로 가서 올라타면 그만이었다.

"돈 내지 말고 탈까?" 내가 베라에게 물었다.

"히치하이킹하자." 베라가 말했다.

"시내에서? 그게 어떻게 가능해?" 내가 물었다.

우리는 엄지손가락을 뻗어보았으나 아무도 차를 세우지 않았다.

"10분 지났어. 그 사이에 지하철 세 대는 지나갔겠다!" 내가 말했다.

얼마 후 버스가 와서 섰다. 노란색 2층짜리 노선버스였다.

치익 소리가 나며 문이 열렸다.

"저희가 돈이 없어요." 베라가 말했다.

버스 기사가 타라는 손짓을 했다. 치익 하고 문이 닫혔다.

기사는 백미러를 보고 깜박이를 넣은 뒤 다른 차들 틈으로 섞여 들어갔다.

"저희가 돈이 없어요." 내가 말했다.

"돈이 없으니 나도 거슬러줄 돈이 없어. 올라가. 위에 자리 있으니까." 버스 기사가 투덜댔다.

우리는 대학 캠퍼스를 구경한 뒤 밥을 먹으러 어마어마하게 큰 학생 식당으로 들어갔다. 식당 앞에 게시판이 붙어 있었다. 길이는 30미터, 높이는 2미터쯤 되었다. 베라는 게시판에서 쪽지 하나를 뜯어냈다. 방을 재임대한다는 쪽지였다.

"집 구하는 연습 할래?" 베라가 물었다.

낡은 벽돌 주택에 있는 방은 어두운 갈색 나무로 만든 동굴 같았다. 커튼 사이로 집 뒤쪽에 있는 텁수룩한 풀밭이 내다보였다. 풀들이 햇볕에 그을린 모습이었다.

집주인은 나이 많은 여자였다.

"위르겐이 쓰던 방이에요. 우리 큰애죠."

그녀는 초록색 머리카락을 처음 본다는 듯이 베라를 뚫어져라 응시했다.

"방은 일인용이에요." 우리가 나가려는 순간 그녀가 말했다.

"당연하죠. 걱정 마세요. 저는 벌써 모스크바 대학에 입학했어요. 철학하고 마르크스주의하고 레닌주의를 배울 거예요." 베라가 대꾸했다.

집주인은 박제된 매처럼 눈이 휘둥그레져서 쳐다보았다. 누가 무지막지하게 큰 유리 눈알 두 개를 박아놓은 듯했다.

"우리는 중간 지점에서 만날 거거든요. 혹시 기차로 베를린에서 바르샤바까지 얼마나 걸리는지 아세요?" 베라가 물었다.

여자의 입이 크게 벌어졌다가 다물어졌다. "동독 기차 말이죠? 동베를린에서 떠나는 거?"

히치하이킹으로 다시 집에 오기까지는 예상보다 아주 오래 걸렸다.

국경에는 우리처럼 남쪽으로 가려는 사람들이 이삼십 명 서 있었다. 그들은 '뮌헨'이나 '프라이부르크' 또는 슈투트가르트를 뜻하는 'S'가 적힌 판지를 가슴에 대고 있었다. 쉴 새 없이 킥킥대던 남녀 한 쌍은 뻔뻔하게도 팻말에 '로마'라고 써놓았다. 반 시간 뒤 이탈리아어로 광고 문구가 적힌 대형 트레일러 화물차가 와서 섰

17

다. 두 남녀는 킥킥거리며 올라탔다.

우리는 자정이 돼서야 여정의 절반을 지나왔다. 고속 도로 휴게소는 노란 불빛에 감싸여 있었다. 사람 한 명 보이지 않았다. 고속 도로에서 차간 거리는 점점 멀어졌고, 때론 몇 초씩 자동차 소리가 들리지 않았다.

주차장에는 화물차들이 다닥다닥 붙어 있었다.

우리는 울타리 옆에 침낭을 펴고 잠을 자려고 누웠다.

"내가 베를린에 가면 나 만나러 올 거니?" 내가 물었다.

"아니 대체 무슨 생각을 하는 거야?" 베라가 말했다.

"아이 낳고 싶니?" 내가 물었다.

"너 미쳤구나." 베라가 말했다.

하늘마저 휴게소 불빛을 받아 노란색이었다. 구름이 끼었는지 아닌지도 분간이 되지 않았다.

베라가 내 뺨을 어루만졌다. 해가 울타리 사이로 쨍쨍 내리쬐었다. "사람들 이제 슬슬 깨어날 거야. 내가 가서 물어볼게." 베라는 느릿느릿 화물차들이 주차된 곳으로 건너갔다. 걸을 때마다 좁은 어깨와 허리와 엉덩이를 비롯해 몸 전체가 조금씩 이리저리 흔들렸다. 그 모습이 미치도록 아름다웠다. 마음 같아서는 화물차를 지나 조금 더 걸어갔으면 싶었다. 하지만 그러면 그녀의 몸매가 제대로 보이지 않을 거다.

아무러면 어떤가.

여하튼 베라는 화물차 운전석에서 내려오는 남자들마다 붙잡고 말을 걸었다. 남자들은 베라가 물을 때마다 베라의 얼굴을 빤히 쳐다보았고, 어찌 할까 고민할 때면 시선을 천천히 아래로 내렸다가 다시 천천히 위로 올렸다.

한 남자가 짧게 고개를 끄덕이고는 휴게소를 가리켰다.

베라가 다시 돌아왔다. 그러곤 욕을 했다. "그럼 나한테 뭐 해줄 건데? 당신 남자 친구는 같이 못 태워줘! 장화 없어도 되지? ──죄다 미친놈들이야. 저 남자는 그나마 멀쩡해 보여. 날 그냥 쳐다보기만 했거든."

화물차는 소금을 실은 차였다. 운전사는 언짢은 기색이었다. "내가 내일은 뭘 싣고 사방팔방 돌아다닐까? 모래?" 그가 물었다.

베라는 있는 대로 온갖 아양을 다 떨었다. "아저씨는 세상의 소금이에요."

효과 만점이었다. 운전사는 먼 길을 돌아가주었다. 그는 고속도로에서 나와 20킬로미터가량 국도를 달려 학교 바로 앞까지 데려다주었다. 우리는 7시 45분에 화물차에서 내렸다.

학교 주차장에 악셀이 서 있었다. 몇 걸음 떨어진 곳엔 번쩍거리는 그의 새 자동차가 있었다. 면허를 따고 부모님에게 받은 차였다. 흡연 구역에는 함께 몰려다니는 아홉 명의 아이들이 서 있었다. 악셀은 원격 중앙 잠금장치를 작동시키며 시범을 보였다. 그런 장치가 있는 차를 타는 아이는 아무도 없었다. 선생님들도 그런 차는 타지 않았다. 악셀은 자동차 쪽으로 손을 뻗어 요술을 부렸다. 찰칵. 문이 열렸다. 찰칵. 문이 닫혔다.

화물차는 요란한 모터 소리를 내며 떠났다. 아홉 명의 아이들이 깜짝 놀라 고개를 휙 돌려 바라보았다.

학교 출입구 현관에서 베라는 작은 피마자를 재킷에서 꺼냈다. 베라는 훔칠 수 있는 건 뭐든 훔쳤다. 그런데 아쉽게도 그게 늘 아무짝에도 쓸모없는 것들이었다. 피마자에서 역한 바닐라 냄새가 났다. 베라는 입고 있는 티셔츠 속에서 자동차에 붙이는 양철 광고판을 꺼냈다. 거기엔 이런 문구가 적혀 있었다. '여성분들, 잘 보세요! 내 건 18미터예요!'

"미친놈이네!" 베라는 나직이 말하며 양철판을 내 여행 가방에 넣었다.

"이건 완전히 사실과 달라." 내가 말했다.

"테 아모(Te amo)." 베라가 내게 입을 맞추며 말했다.

라틴어로 '너를 사랑해.'라는 뜻이다. 베라는 툭하면 내게 이 말을 했다. 그럴 때마다 내가 물었다. "그걸 수학으로 표현하면 어떻게 돼?"

"마이너스 곱하기 마이너스는 플러스." 베라가 대답했다.

라틴어와 수학을 합친 상급 강좌였다. 정말 기가 막히게 멋진 조합이라고 생각했다.

어쨌든 나는 그 일에 대해 한마디도 듣지 못한 상태였다. 투른슈 박사는 어서 오라는 뜻으로 눈썹을 치켜 올렸다.

"아팠어요." 내가 말했다. 보통 그는 내가 땡땡이친 걸 또 잡아냈다고 생각할 때면 짜증난 듯이 시선을 천장으로 돌렸다. 그런데 오늘은 아무런 반응이 없었다. 나를 그냥 쳐다보기만 했다. 아니면 내 마음속을 들여다보았든가.

나는 자리에 가서 앉았다. 프리더는 아직 학교에 오지 않았다. 투른슈 박사는 아무것도 묻지 않고 수업을 시작했다. 프리더는 끝내 오지 않았다.

투른슈 박사의 본명은 팔러였다. 하지만 우리가 학교에 입학했을 때 그는 이미 투른슈●로 불리고 있었다. 오래전부터 그렇게 불렸다. 성은 투른슈, 이름은 박사인 셈이었다. 그는 체육이 아니라 독일어를 가르쳤다. 그 때문에 그의 이름을 처음 듣는 사람은 항상 혼란에 빠졌다. 독일어를 가르치는 운동화 박사라니. 그는 정수리가 벗어지고 그 바깥쪽 둘레에 머리털이 좁다랗게 나 있었

● '운동화'라는 뜻.

21

다. 앞쪽 이마 위 머리카락이 자라지 않아 머리가 초승달이나 무지개 모양처럼 되어버렸다. 투른슈 박사는 자기가 대머리가 되기엔 너무 젊다고 느꼈을지도 모른다. 하지만 아무리 적게 잡아도 그는 이미 서른은 돼 보였다. 그는 오른쪽 머리카락을 어깨까지 기르고 거기에 기름을 발라 대머리를 가로질러 넘겼다. 무슨 조언을 해주는 사람이 없었는지 아니면 그 자신이 아무렇지 않게 생각했는지 우리로서는 알 길이 없었다. 여하튼 머리카락은 대머리를 완전히 덮지 못하고 늘 한데 뭉쳐 넓적한 파스타만 한 세 개의 가닥으로 갈라졌다.

투른슈 박사는 칠판을 위로 밀어올리고 머리 위로 질풍노도●라는 글자를 날렵하고 거칠게 휘갈겨 썼다. 그 바람에 분필 가루가 머리 가닥 위로 소록소록 떨어졌다.

질풍노도, 고전주의, 낭만주의. 나는 이 순서가 아무리 해도 외워지질 않았다. 이 시대들이 뭐 어쨌다는 건지도 이해하지 못했다. 괴테가 이런 식으로 나란히 줄을 세웠고, 고전주의 작품을 넘치도록 많이 썼단 말인가? 그래서 지금 이렇게 지루해 죽겠는데도 내가 질풍노도라는 말을 공책에 적어야 한단 말인가? 게다가

● 18세기 후반에 독일에서 일어난 문학 운동. 계몽주의 사조에 반항하면서 감정의 해방, 개성의 존중 및 천재주의를 주장했다. 하만과 헤르더가 선구(先驅)를 이루고 괴테와 실러 등이 중심이 되었다.

시대 이름도 멍청하기 짝이 없었다. '질풍노도'는 무슨 기독교풍의 10대 밴드 이름처럼 들렸다.

하여튼 우리는 괴테와 베르테르를 배웠다.

투른슈 박사는 단호했다. 불행한 사랑이 정말 스스로 목숨을 끊을 만한 충분한 이유가 되느냐는 것이었다. "아름다운 딸을 둔 어머니들은 많아. 안 그래?"

아이들은 아무 말이 없었다. 그런데 이상하게도 아이들은 투른슈 박사가 한 말을 무심하게 넘기지 않았다. 내 눈엔 그렇게 보였다. 아이들은 정말 그 말을 놓고 곰곰 생각에 잠겼다.

뭔가 이상했다.

투른슈 박사는 그 밖에 또 어떤 자살할 만한 타당한 이유가 있느냐고 물었다. 그의 시선이 아이들 좌석 사이를 배회하다가 내게 와서 멈췄다. 나는 될 수 있는 대로 칠판을 뚫어져라 쳐다보았다.

"회프너 군?"

그걸 내가 어찌 안단 말인가? 많은 사람들이 자살을 했다. 바보 같은 짓이다. 이유가 뭐였을까? 그건 아무도 모른다. 당사자에게 물어볼 수도 없다. 자살에 성공한 사람에게는 더더욱 물어볼 수 없다. 자살에 실패한 사람에게는 물론 물어볼 수 있다. 하지만 그들이 말하는 내용이 중요할까? 어쩌면 실패한 자살에는 성공한 자살과는 다른 이유가 있지 않았을까?

나는 그 책이 처음부터 끝까지 따분했다. 매번 똑같은 유형의 편지가 하나씩 차례로 나왔다. 처음에 주인공은 여자에게 이미 다른 남자가 있다는 걸 알면서도 그 여자한테 한눈에 반했다. 그 다음엔 여자에게 다른 남자가 있다는 사실을 두고 내내 괴로워 했다. 괴테 시대의 어른들이 그렇게 유치하다니 정말 놀라웠다.

"회프너 군?" 투른슈 박사가 다시 불렀다.

"이건 문학이에요. 꾸며낸 얘기죠. 어쩌면 괴테는 마지막에 나오는 자살 장면을 빼버렸을 수도 있어요. 자살 장면을 넣은 건 그저 결말을 멋있게 끝내기 위해서죠."

"재미있군." 투른슈 박사는 고개를 갸우뚱하고 말했다.

만일 직업 중등학교였다면 투른슈 박사의 그 비웃는 말투는 큰 반발을 샀을 거다. 그러나 우리가 공부하는 곳은 김나지움이었다.

박사의 머리 가닥이 흔들렸다. 처음에는 거의 보이지 않았지만, 그 머리 가닥은 곧 대머리에서 흘러내려 실커튼처럼 우스꽝스럽게 귀에 걸렸다.

"슈라이너 양은 어떻게 생각하나?" 투른슈 박사가 물었다.

체칠리아는 속삭이듯 대답하기 시작했다. 보통 이때쯤이면 몇몇 아이들이 귓속말을 나누고 킥킥거려야 정상이었다. 그런데 오늘은 체칠리아가 계속 작은 소리로 대답하는데도 놀리는 아이들이 없었다. 평소 같았으면 투른슈 박사도 벌써 절도 있게 고개를 휙 젖혀 머리 세 가닥을 대머리 위로 올렸을 것이다. 그런데 지금 그의 머리는 그냥 아래로 대롱대롱 매달려 있었다.

"조금 크게 말해보게." 투른슈가 말했다.

체칠리아의 말이 빨라졌다.

"슈라이너 양." 투른슈는 그녀를 진정시키려는 듯이 아주 부드럽게 불렀다.

그러자 체칠리아의 목소리가 더 커졌다. 투른슈의 말뜻을 알아듣지 못한 듯했다. 그녀는 울고 있었다. 200년 전의 귀족 한 명 때문에 그렇게 소리 내어 운다는 건 조금 지나치다는 생각이 들었다.

"프리더요! 너무 속상해요! 걔는 왜 그랬을까요?" 체칠리아가 큰 소리로 말했다.

가격표 부착기가 찰칵거리며 깡통 위를 분주히 뛰어다녔다. 셋째 줄과 넷째 줄을 끝내고 다음 상자로 넘어갔다. 엄마는 타일 바닥에 무릎을 꿇고 앉아 통조림 깡통에 가격표를 붙였다. 그러곤 나를 올려다보았다.

"왔니?"

"학교엔 벌써 갔다 왔어요."

엄마는 진열대 기둥을 붙잡고 일어났다.

"왜 그랬대?" 엄마가 물었다.

"나도 몰라요! 지금 당장 병원에 가려고요."

엄마는 진열대 사이를 누비면서 빈 상자를 꺼내 접으며 걸었다. 나는 그 뒤를 터벅터벅 따라갔다.

"걔는 지금 병원에 없어. 비틀링거 부인이 그러더라." 엄마가 말했다.

비틀링거 부인은 프리더의 엄마였다.

"그럼 어디에 있어요?" 내가 물었다. "걔를 그냥 집으로 돌려보내면 안 돼요!"

문득 프리더가 정신병원에 있을지도 모른다는 생각이 들었다. 슈바르츠 홀츠°라고 불리는 곳이었다. 그리고 이런 말이 떠올랐다. '너 계속 그런 식으로 하면 슈바르츠 홀츠에 들어갈 줄 알아!' 누구든지 한 번쯤 들어본 위협이었다.

엄마는 버터 과자 한 봉지를 집어들고 귤 한 망을 가져온 뒤 계산대로 가서 돈을 냈다.

"이거 가져가."

정신병원은 시내를 벗어난 변두리에 있었다. 신경병원이라고도 부르는 곳이었다. 작은 성처럼 외벽을 석고로 장식한 옛날 건물이었다. 병원이 지어졌을 때만 해도 주변은 숲이었다.

나는 한 번도 정신병원에 가본 적이 없었다. 방문객으로도 가본 적이 없었다.

숲은 없어진 지 이미 오래였다. 숲에서 따온 병원 별명만 남아

● '검은 숲'이라는 뜻.

있었다. 어느새 병원 양옆에는 도살장과 화장터가 들어섰다. 기차선로 바로 옆이었다. 정말 말도 안 되는 거 아닌가. 기차가 상당히 많이 다니는 곳인데 말이다. 우울증 환자들이 외출할 때 총알이 장전된 권총을 손에 쥐어주는 것과 다를 게 없었다. 정신질환자 한 명이 또 열차에 뛰어들었다는 소식이 매주 들렸지만 신문에는 그것에 대한 기사가 한 줄도 실리지 않았다. 어렸을 적 우리는 자전거를 타고 들판을 지나 기차선로가 있는 그곳 변두리까지 자주 나갔다. 거기서 흥건히 고인 핏자국과 떨어져 나간 다리나 작은 신체 일부가 있는지 찾아보곤 했지만, 기차가 많이 지나다닌 터라 철저히 수색하는 건 위험했다.

나는 자전거를 타고 높은 벽돌담을 따라 인도를 달렸다. 대형 철문이 열려 있었다. 자전거를 밀며 병원 구역 안으로 들어갔다. 병원 안쪽 공원 벤치에 운동복을 입은 사람들이 앉아 담배를 피우고 있었다. 아마 미친 사람들일 거다. 왜 그들은 그냥 도망치지 않았을까?

폐쇄 병동으로 통하는 유리문은 잠겨 있었다. 당연했다. 초인종 누름판은 크기가 내 손바닥만 했다. 누름판을 한번 탁 쳐보았다. 아무 반응이 없었다. 이번엔 엄지로 꾹 눌렀다. 부웅 소리가 났다.

간호사가 나를 휴게실로 안내했다. 텔레비전이 켜져 있었지만 소리는 나지 않았다. 감색 정장에 흰 셔츠와 조끼를 갖춰 입은 남자가 입을 벌린 채 텔레비전 화면을 뚫어져라 쳐다보고 있었다. 텔레비전에서는 무슨 흑백 영화를 하고 있었는데, 「홀쭉이와 뚱뚱이」인 것 같았다.

세 남자가 카드놀이를 하고 있었다. 한 여자는 손에 깡통을 들고 휴게실 한쪽 구석에서 다른 쪽 구석으로 깡충깡충 뛰어다녔다. 그녀는 스탠드 재떨이 위로 몸을 숙였다가 다시 다른 쪽 구석으로 뛰어갔다.

"정신병원은 처음 왔어요?" 간호사가 물었다.

상황이 심각해질 경우 이렇게 몸집이 작은 간호사가 어떻게 미친 사람을 통제할 수 있단 말인가.

"네, 처음이에요. 제 말은, 방문객으로는 처음이에요. 아니, 어쨌든 처음이에요."

"여기선 아무도 당신한테 해코지하지 않아요. 여기 환자들이 우리보다 더 미친 사람들은 아니거든요."

간호사는 갈색 인조 가죽 소파를 가리켰다. 가서 앉으라는 뜻이었다.

"하지만 열쇠는 우리한테 있어요." 간호사가 말했다.

그러곤 웃었다.

나는 푹 꺼진 소파에 될 수 있는 대로 편히 앉아 있으려고 애썼다. 등을 뒤로 기댔다. 정신병원 내부는 정신을 못 차리게 더웠다. 나는 소매를 걷어올렸다. 자세히 들여다보니 소파 쿠션에 불에 타 생긴 작은 구멍이 있었다. 아래팔이 팔걸이에 달라붙었다. 팔을 조금 들어올리자 살갗이 인조 가죽에서 떨어졌다. 따끔했다. 나는 팔을 들고 어정쩡한 자세로 앉아 있었다.

카드놀이를 하던 남자 한 명이 담배를 길게 한 모금 빤 뒤 눌러 껐다. 그러자 여자가 냉큼 뛰어가 재에서 꽁초를 집어냈다. 그녀는 종이에서 담배 가루를 빼내어 들고 있던 깡통에 넣었다.

얼마 후 프리더가 휴게실 다른 쪽 끝에, 병실로 통하는 통로에서 있었다. 잠옷 바람이었다. 그는 잔뜩 굳은 자세로 내게 천천히 다가왔다. 두 팔은 양옆으로 축 늘어졌고 실내화는 바닥에 질질 끌렸다. 누가 프리더의 엉덩이 속으로 막대기를 집어넣은 것 같았다. 그것도 뇌 꼭대기까지.

저 아이가 곰돌이였다. 누구든지 사격 대회나 5월 축제에 함께 가고 싶어 하던 곰돌이, 아니 그 곰돌이의 껍데기였다. 아무리 화를 내고 싶어도 누구나 저 아이를 보면 금세 마음이 가라앉았었다.

그는 자리에 앉았다. 하지만 '그'와 '자리에 앉은' 사람이 각각 다른 사람인 양 뭔가 어색했다.

누가 자리에 앉았지?

그가 앉았다.

앉은 사람은 그였나?

그렇다. 그가 앉았다.

나는 아래팔을 팔걸이에 내려놓았다.

"안녕? 몸은 어때?" 내가 물었다.

"아주 좋아. 보면 몰라?" 프리더는 정면을 응시하며 느릿느릿 대답했다.

무슨 말을 해야 좋을지 몰랐다. 미국 영화에서 사람들은 대화하는 도중 침묵 시간이 견딜 수 없어지면 늘 이렇게 말했다. "뭐 좀 마실래?" 그러곤 한 명이 홈바로 가서 얼음 조각을 유리잔에 넣고 위스키를 따랐다.

창턱에 선홍색 액즙이 든 플라스틱 주전자가 놓여 있었다. 과일차인 듯했다.

"뭐 좀 마실래?" 내가 물었다.

나는 액즙을 한 컵 가득 따르고 밖을 내다보았다.

"여기엔 얼음 조각 없지?" 내가 물었다.

창문 바깥쪽에 흰색 페인트를 칠한 굵은 창살이 붙어 있었다.

프리더에게 이유를 물어볼 엄두가 나지 않았다.

우리는 프리더의 부모님이 농부라고 늘 그를 놀려댔다. 집안일을 도운 뒤 학교에 올 때면 프리더한테서 축사 냄새가 났다. 선생님들을 빼고 프리더를 이름으로 불러준 사람은 없었다. 모두 그냥 '농사꾼'이라고 불렀다.

그게 자살할 이유였을까? 프리더는 우리가 붙여준 별명을 군소리 없이 받아들였다. 언젠가 우리 집에 전화를 걸었을 때는 제 입으로 이렇게까지 말했다. "나야 나. 농사꾼."

어떤 게 자살할 '충분한' 이유가 되느냐고 투른슈 박사는 오늘 아침에 물었다.

몇 년 전 로타의 누나가 밤중에 숲으로 가서 목을 맸다. 나중에 들은 말에 따르면 그녀는 임신한 상태였다고 했다. 무척 역설적인 이유로 자살한 것이다. 그녀는 양초 몇 개를 챙겨 갔다. 그녀가 발견됐을 때 초는 여전히 타고 있었다고 한다. 나이는 아직 열여덟 살도 되지 않았다. 열여덟 살까지도 못 산다는 건 엿 같은 일이다. 열여덟 살이 되지 못하면 모든 게 허사다.

어쨌든 프리더는 임신하지 않았다.

문득 내가 다시는 프리더를 '농사꾼'이라고 부르지 않을 거라는 생각이 확실해졌다. 이제는 아무도 그를 두 번 다시 '농사꾼'이라고 부르지 않을 것이다.

"어서 말해." 프리더가 말했다.

"뭘?"

"아니 무든 그런 헛멋꼬리를 한 거야?" 프리더는 혀짤배기소리가 나는 내 발음을 흉내 냈다.

"아니 무든 그런 헛띳꼬리를 한 거야?" 나는 혀짤배기소리를 일부러 더 세게 냈다.

"나도 몰라." 프리더가 말했다.

카드놀이를 하는 남자 한 명이 깡충깡충 뛰어다니는 여자에게 소리를 질렀다. "이년아! 정신 사납게 굴지 마!" 그는 손으로 탁자를 쾅 내리쳤다. 여자는 구석으로 뛰어가 얼굴을 벽 쪽으로 돌리고 바닥에 쭈그려 앉았다.

"넌 내 입장이 아니니까 쉽게 말하는 거야." 프리더가 말했다.

"난 아무 말도 안 했는데."

"너한텐 여자 친구라도 있잖아. 난 하마터면 여자하고 자보지도 못하고 죽을 뻔했어."

내가 프리더를 알게 된 건 5학년 때였다. 어느 정도 친해진 건 9학년인가 그 무렵부터였다. 여름이면 우리는 함께 자전거를 타고 준설 호수●로 달려갔다. 저녁에는 20킬로미터 떨어진 영화관에 갔다가 밤중에 돌아왔다. 필기시험을 앞두고는 함께 만나 공부했다. 프리더는 제일 따분한 물리 과목을 나 같은 사람도 이해할 수 있게 설명했다. 그러나 우리는 섹스 같은 것에 대해서는 물

● 바닥에 있는 자갈과 모래를 퍼내고 만든 인공 호수.

론, 섹스 아닌 것에 대해서도 이야기를 나눈 적이 없었다. 나는 지그시 혀를 깨물었다. 지금 내가 솔직히 털어놓을 수도 있는 단 한 가지 사실이 너무나 창피했기 때문이다. 여자 친구를 한 번도 사귄 적이 없다는 것보다 훨씬 창피했다.

프리더는 수면제를 삼켰다. 그의 엄마는 매일 저녁 수면제를 한 알, 어떤 때는 두 알도 먹었다. 프리더는 그중 몇 개를 빼돌렸다. 프리더의 엄마는 복용량이 일정하지 않았다. 그래서 약병에 수면제가 몇 개 남아 있어야 하는지 알지 못했다.

수면제가 충분하게 모이자 프리더는 2리터짜리 포도주 이미글리코스 한 병을 마셨다. 학교에서 돌아온 직후였다. 그는 지하실로 내려가 마지막 남은 포도주 한 모금과 함께 수면제를 삼켰고 목에 호스를 꽂은 상태로 다시 깨어났다.

프리더의 아빠는 평소 그 시간대에 집에 없었다. 축사에 있거나 우체국에서 일했다. 그는 통나무 한 수레를 받아와 장작을 패야 했다. 도끼를 찾아보았으나 어디에서도 찾지 못했다. 결국 지하실로 내려가보았다. 그런데 거기에 있었던 건 도끼가 아니라 프리더였다.

"도끼가 네 목숨을 구했어." 내가 말했다.
"거기에 없던 도끼지. 망할 놈의 도끼." 프리더가 말했다.

프리더는 농부였다. 나도 어떤 면에서는 농부였다. 닭을 치는 농부였다. 아니 닭머슴이었다. 닭머슴 회프너. 펑크 밴드에게는 좋은 이름이었을 거다. 어쨌든 나는 저녁이 되면 양계장에서 일주일에 두 번 일했다. 양계장은 마을 중간에 있는 대형 막사였다. 닭똥은 막사 주변에 있는 들판에 갖다 버렸는데 그 냄새가 바람에 실려 마을 여기저기로 퍼졌다.

그 일자리는 군대를 가야 했던 녀석에게 물려받았다. 자전거를 타고 양계장 막사에 갈 때마다 그 녀석이 떠올랐다. 그리고 내 징병검사 통지서가 언제라도 우편함에 꽂혀 있을 수 있다는 생각을 했다. 통지서가 오면 그다음엔 뭘 해야 하는지 난 정확히 알지 못했다.

우리 반 아이들은 대부분 벌써 징병검사를 받았다. 입대를 거부하고 대체 복무를 하고 싶어서 사유서를 적어낸 아이들도 많았다. 심지어 군대 간 후의 계획까지 세워놓은 아이들도 있었다. 그 애들은 군대에서 받는 휴가를 말년에 몰아서 받고 싶어 했다. 학기가 시작되는 기간에 맞춰 제대하기 위해서였다.

특히 멍청한 애들 몇 명은 2년을 복무하고 싶어 했다. 중앙 잠금장치 악셀이 그런 애였다. "걔는 자기가 탄 장갑차에 중앙 잠금장치는 없고 통풍창만 있는 걸 의아하게 여길 거야. 덮개를 닫으면 멍청이들은 죽는 거지." 프리더가 말했다.

나로서는 일단 징병검사 통지서를 그냥 무시하는 게 상책일 것 같았다. 사방에 총질을 하고, 오물 사이를 기어가고, 특히 멍청한 애들의 휘파람에 맞춰 쉴 새 없이 춤을 추는 건 내 취향이 아니었다. 그리고 이런 취향의 애들과 일과가 끝난 뒤 술을 퍼마시는 건 더더욱 내 취향이 아니었다.

무시하고, 시간을 벌고, 가능하면 베를린으로 달아나는 것, 그게 어쩌면 최상일 터였다.

양계장 막사 9호실. 나는 장화를 신었다. 작업 장갑을 착용하는 사람도 있었지만 그걸 끼면 닭을 제대로 잡을 수 없었다.

한 줄로 늘어선 플라스틱 상자가 막사를 둘로 나누었다. 안쪽에는 닭들이 한데 몰려 있었다.

첫 번째 닭은 잡기가 무척 수월했다. 한 손으로 다리를 잡아 다른 손 손가락 사이에 두 다리를 끼우면 됐다. 하나씩 둘씩 잡을 때마다 점점 힘들어졌다. 닭은 무슨 일이 벌어질지 아는 것처럼 미친 듯이 버둥거렸다. 닭 네 마리가 손에 가득 차면 버둥거림이 멎었다. 서로 다닥다닥 매달려 있으니 더는 옴짝달싹할 수 없지 않은가. 나머지 손으로 마저 닭을 잡으려 하면 또 힘들어졌다. 이미 한 손이 가득 차 나머지 손을 도울 수 없었으니까.

알게 뭐람.

상자 위쪽에는 위로 젖히는 뚜껑이 두 개 달려 있었다. 나는 닭을 꽉꽉 채워넣고 뚜껑을 닫았다. 막사는 한밤중까지 비워야 했다. 집중해서 하지 않으면 안 되었다. 닭을 넣을 때 날개를 너무 많이 부러뜨린 게 나중에 도축장에서 드러나면 골치 아팠다.

몇 명이 상자를 가득 채우고, 또 다른 몇 명이 그 상자를 밖에 있는 화물차로 가져가 적재판으로 던지면, 또 한 명이 상자를 받아 차곡차곡 쌓아올렸다.

채우는 사람, 옮기는 사람, 쌓는 사람.

교대 근무 책임자는 20대 초반으로 갓 제대한 사람이었다. 군대 가기 전에 이미 양계장에서 일한 적이 있었는데, 병역을 마치고 오면서 교대 근무 책임자가 된 것이다.

앞쪽 적재판이 다 차서 화물차가 자리를 이동했다. 트레일러를 제자리에 갖다 붙여야 했다. 우리는 몇 분 동안 쉬었다.

교대 근무 책임자는 담배를 피웠다. 그는 내게 한 개비를 내밀었다. 나는 고맙다고 말하고 함께 피웠다.

"군대 어때요?" 내가 물었다.

"쓰레기야. 개쓰레기. 등신들뿐이야." 그가 말했다.

그는 몇 센티미터 간격으로 앞뒤로 움직이는 화물차를 바라보았다. 닭은 일단 적재함에 들어가면 그다지 시끄럽게 굴지 않았다. 얼마 후면 아주 작게 꼬꼬댁거리기만 했다. 이후에는 아무 소리도 나지 않았다.

"너는? 입대할 거야, 아니면 대체 복무 할 거야?" 교대 근무 책임자가 물었다.

"아직 잘 모르겠어요. 징병검사를 아직 안 받았어요."

"징병검사? 쓰레기야. 개쓰레기. 컵에다 오줌 누고, 완전히 발가벗고, 무릎 구부리고, 늙은 놈 하나가 네 몸을 더듬으며 모욕을 줄 거야. 미스터 유니버스 같은 근육이 없다면서. 네가 게이라는 생각이 들면 항문이 헐었는지 아닌지 알고 싶어서 들여다볼 거야."

그는 담배꽁초를 내던지고 말했다. "개쓰레기야."

나는 다시 막사로 가서 상자를 들고 나와 트레일러로 던졌다. 그때 뭔가가 얼굴로 날아왔다. 처음엔 상자에 붙어 있는 오물 덩어리인 줄 알았다. 바닥을 내려다보니 닭발이었다. 닭이 플라스틱 상자 창살 바깥으로 발을 내밀었는데, 그게 상자가 쌓이던 와중에 잘려나간 거였다.

교대 근무 책임자가 말했다. "반쯤 미쳐 날뛰고 있군. 전에 한 번은 닭다리가 떨어져 나온 적이 있었어. 닭다리가 그냥 들판으로 깡충깡충 뛰어가더군. 그러더니 두더지가 파놓은 흙 두둑에 걸려 넘어졌어. 아주 사납게 버둥거리더라고. 하지만 다시는 일어서지 못했지."

프리더는 폐쇄 병동에서 바깥으로 나올 수 없었다. 나는 이틀에 한 번씩 프리더를 찾아갔다. 함께 숙제를 하고 학교에서 일어난 일을 들려주었다.

"호프만이 폭발했어."

"또 시작이군."

호프만은 겨우 1년 전에 우리 학교로 전근을 왔다. 우리 학교는 그 지역에서 가장 최근에 신설된 시골 김나지움이었다. 다른 김나지움들은 이름이 '실러 김나지움', '알베르트 아인슈타인 김나지움'인데 우리 학교 이름은 '교외 김나지움'이었다. 다른 학교들은 학생들이 미래에 되어야 할 인물의 이름을 따서 불렀다. 그런데 우리 학교는 학생들의 출신지에 따라 이름을 붙였다.

만일 좋은 김나지움에서 근무하는 교사가 학생을 체벌하거나 따귀를 때리거나 하면 근신 처분을 받고 우리 학교로 전근을 왔다. 그 후 여기에서도 똑같은 행동을 계속하면 아주 멀리 외딴 촌구석으로, 예를 들면 알프 산맥● 깊숙한 어딘가의 학교로 갔다. 학생을 때리면 안 된다는 걸 학부모가 한 번도 들어본 적이 없는 곳으로. 그러면 그곳이 종착역이었다.

여하튼 호프만은 실러 김나지움에 있을 때 한바탕 성질을 부리고 의자를 부숴버렸다. 정말 한심했다. 더 기가 막힌 건 그 의자에 학생이 앉아 있었다는 거였다.

그 후 호프만은 우리 학교로 왔다. 우린 이미 쓰레기 같은 선생들이 왔다가 다시 떠나는 모습을 몇 번이나 보았다. 우리는 선생들의 근신에 별달리 큰 도움이 되지 못했다.

"5킬로미터 달리기를 하는데 파울이 제시간에 못 뛰었어. 호프만이 그 애를 두들겨 팼지. 파울이 대성통곡을 하기 시작했어. 트랙 안쪽에 누워서. 멈추지 않고 계속 울부짖었어. 몸이 완전히 뻣뻣해졌다니까." 내가 말했다.

"옛날에 늑대를 한 무리 본 적이 있어. 야생 동물 보호 구역인가 하는 곳에서. 울타리 바로 너머에 오메가 늑대가 있었어. 귀가

● '슈베비셰 알프 산맥'을 간단히 이르는 말. 독일 남부 슈투트가르트와 울름 사이에 있는 산맥.

머리에 아주 바짝 붙어 있더라. 털은 다 물어뜯기고 온통 딱지투성이였어. 재미있었어. 보호 구역 안에 들어가지만 않으면 재미있을 거야." 프리더가 말했다.

프리더는 대화와 약 처방과 BT 같은 것들로 하루를 보냈다. BT는 작업 요법이었다. 한번은 프리더가 창문에 걸려 있는 플라스틱판을 가리켰다. 작은 알갱이 같은 걸 녹여 만든 판이었다. 난 그게 뭔지 알고 있었다. 열두 살 즈음인가 가톨릭 청년회에 있을 때 만든 적이 있었다. 알록달록한 알갱이들을 과자 굽는 틀에 뿌려 넣고 그걸 오븐에 넣으면 작은 알갱이들이 녹으면서 색이 섞였다. 여기에 있는 판은 새까맸다.

"오븐에 너무 오래 뒀나 봐?" 내가 물었다.

"여기 분위기가 너무 발랄하면 안 되니까." 프리더가 대답했다.

프리더는 벌써 몇 주째 정신병원에 있었다. 어느 날엔 갈색 카우치●에 앉아 웬 여자애와 이야기를 나누고 있었다.

전에 한 번도 본 적이 없는 여자애였다. 프리더의 자세가 여느 때와 달랐다. 평소엔 늘 힘없이 웅크리고 다녔는데 지금은 몸을 곧고 빳빳하게 펴고 앉아 있었다. 더 놀라운 건 그가 웃는다는 거였다.

● 소파와 침대의 중간 기능을 하는 의자. 등받이나 한쪽 팔걸이가 없는 형태로 다리를 펴고 편안하게 잠잘 수 있다.

여자애는 기가 막히게 예뻤다. 그때까지 내가 본 사람 중에 가장 예쁜 아이였을 거다. 베라 다음으로. 짙은 갈색의 긴 머리가 아주 매끄럽게 빗질이 되어 있었지만 무지막지하게 떡이 져 있었다.

"너는 평생 머리 안 감니?" 내가 물었다.

"일주일에 한 번씩 오일을 발라." 여자애가 대답했다.

그녀가 폐쇄 병동에 들어온 건 방화 때문이었다. 청소년 회관에서 뭔가에 불을 지른 것이다.

"그냥 깔개였어. 현관에 있는 신발 터는 깔개. 웃기지도 않아."

그녀의 이름은 파울리네였다. 「더벅머리 페터」에서 불을 낸 아이와 이름이 같았다. 동화 속 어린 파울리네는 부모님이 외출하고 집에 혼자 있을 때 일을 저질렀다.

파울리네가 거슬리는 쇳소리로 말했다. "쟤 곰돌이는 다른 것보다 자기 자신을 망가뜨리는 걸 좋아해! 딴 사람한테는 늘 상냥한데 자신에게는 안 그래!" 목소리가 찢어질 듯 울려서 귀가 아팠다. 하지만 일부러 그렇게 뒤틀린 소리를 낸 거라 왠지 재미있기도 했다.

프리더는 여전히 웃고 있었다.

벌써 가을이었다. 프리더는 처음으로 병동 밖으로 나가도 좋다는 허락을 받았다. 그러나 누군가가 따라가야 했고 그것도 공원까지만 갈 수 있었다.

나는 불안했다. 동행인이 나였기 때문이다. 겉보기에 프리더는 다 나은 듯했다. 그렇지 않았다면 병원에서 분명 외출을 허락하지 않았을 테니까. 프리더는 약을 챙겨서 나갔다.

하지만 솔직히 말하면 나는 프리더가 정말 무엇을 하려는지 알지 못했다. 프리더가 도망가면 내가 붙잡아야 할까?

프리더는 미치도록 길고 장황하게 파울리네와 작별 인사를 나누었다. 두세 시간 후 다시 돌아올 사람처럼 보이지 않았다.

"무사히 다시 데리고 와." 파울리네가 말했다.

"다녀오세요." 문지기가 말했다.

그간 나는 이 정신병원에 자주 왔지만 공원에 대해서는 잘 알지 못했다. 병동에 들어갔다가 나오는 길에 언제나 빠른 걸음으로 공원을 지나쳤으니까. 중요한 건 내가 방문객이지 이곳의 외래 환자나 입원 환자가 아니란 거였다. 아무 때고 병원에 들어가고 싶으면 들어가고 나오고 싶으면 나올 수 있었다. 공원을 지나가야 할 일이 생겨도 필요 이상 지체하지는 않았다.

지금 나는 처음으로 프리더와 공원에 나왔다. 공원에 머물기 위해서였다. 그런데 환자들과 나는 다른 점이 하나도 없었다.

나는 폐쇄 병동과 이 안개 낀 공원이 이제부터 내가 머무는 세상이라고 상상해보았다. 나는 밧줄을 가지고 나무 위로 올라갔다. 그걸 본 산림 관리원이 나를 설득해 다시 내려오게 했다. 그래서 지금 나는 정신병원에 있다. 얼마나 더 있어야 할지는 모른다.

나는 어깨를 들썩인다. 아래에서 신발 두 짝이 아스팔트 위로 미끄러진다. 내 신발이다. 공원 오른쪽에도 왼쪽에도 아무것도 보이지 않는다.

중앙 잠금장치 악셀에게는 비디오 녹화기가 있었다. 영화를 보다가 너무 지루하거나 긴장이 될 때, 또는 화장실을 다녀와야 할 때 멈추게 하는 기능이 있는 녹화기였다. 내 삶이 멈춰졌다. 나는 정신병원에 있다. 폐쇄 병동은 말하자면 용변을 보기 위한 휴식 시간이다. 나는 다시는 재생 버튼을 누르지 않을 거다.

나는 자살할 거다. 지금 당장. 다른 길은 없다. 이건 어쩔 수 없는 필연이다. 내가 정신병원에 있는 건 자살을 시도했기 때문이다. 그리고 지금 정신병원에 있기 때문에 나는 자살해야 한다.

나는 스스로 사형 선고를 내린다. 왜냐하면 내가 이 세상에 존재하기 때문이다. 그건 범죄다. 분명히.

총으로는 안 된다. 뭔가 천천히 죽는 걸로 하자. 밧줄로 하자.

나는 내가 내린 판결이 분명 오판(誤判)이라고 생각한다.

"회프너 씨?"

하얀 가운을 입은 남자가 나를 부른다. 그는 교수대를 가리킨다. 나는 소리 내어 웃는다. 기발한 위트이다. 하얀 가운의 남자는 웃지 않는다.

교수대 옆에 관이 놓여 있다. 관을 멜 사람들은 어디 있을까?

"안 돼요. 관을 멜 사람들이 없어요." 내가 의사에게 말한다.

"주사를 놔드리죠. 진정제입니다." 의사가 말한다.

"왜 그래?" 프리더가 물었다.

나는 죽지 않아도 된다.

엄마 남친, 아비투어, 베라, 프리더, 모든 걱정거리가 일시에 아주 하찮아졌다.

나는 계속 살 수 있다.

"아무것도 아냐." 내가 말했다.

가을엔 특히나 자살자가 많은 건지 궁금해졌다. 날은 춥고 요 며칠 내내 비가 내렸다. 갈수록 낮이 짧아졌다. 식물은 시들었다. 안 그래도 전부터 우울한 사람이라면 이런 날씨엔 정말 견디기 힘들 거다. 한편으로는 그렇다. 다른 한편으로는 날이 쌀쌀해지면 그냥 스스로 일종의 동면에 빠져들 수 있다. 그런 자신이 바보라고 생각하지 않고도 말이다. 가을이 말한다. 아무 생각 말고 슬퍼해. 괜찮아. 그리고 봄이 말한다. 여기 좀 봐. 이 바보 같은 녀석, 또 슬프니? 너 패배자지, 응?

잔디에 나뭇잎이 붙어 있었다. 빨간 잎과 노란 잎이었다. 단풍잎은 작고 실한 불꽃이었다. 너도밤나무에서 떨어진 둥그런 잎은 안쪽으로 벌겋게 타올랐다. 공원에는 낙엽을 쓸어놓은 길이 있었다. 모든 길은 곧장 출입구 계단으로 뻗어 있었다. 새로 끼워넣은 바큇살이 모두 바퀴통으로 모이듯이.

나는 잔디에서 밤을 주워 호주머니에 넣었다. 분수는 벌써 겨울을 날 채비를 하느라 판자로 막고 못질을 해놓았다.

프리더가 금세 숨을 헐떡인 탓에 우리는 천천히 걸었다.

그는 운동 부족과 약물로 살이 아주 많이 찐 상태였다.

프리더는 가던 길을 멍하니 바라보았다. 나는 공원 벤치에 앉아 담배를 피우는 정신질환자들을 관찰했다. 지금 그들은 목도리를 두르고 모자를 쓰고 있지만, 그 외에는 달라진 게 없었다. 그들은 절대로 변하지 않는 사람들이었다. 정신병이 아닌 다른 질병을 앓는 일반 환자들은 병원 내 공원에서 거치대를 밀고 다녔다. 거기엔 플라스틱병이 매달려 있거나 목에 꽂은 호스와 연결된, 붉은빛이 나는 봉지가 달려 있었다. 어느 날 보니 거치대가 사라지고 환자는 호스 없이 걸어다녔다. 환자의 상태가 호전된 것이다.

몇몇 일반 환자들은 처음엔 무척 건강해 보였는데 얼마 지나지 않아 머리카락이 빠졌다. 이후 머리는 다시 자랐으나 곧 암이 재발하여 혈관으로 퍼지면서 몸이 쇠약해졌다.

정신질환자들은 전혀 달랐다. 그들은 어느 날 갑자기 병원에 나타나 공원에 앉아 있거나 병동에 입원했다. 담배를 피우며 멍하니 허공을 응시하다가 또 갑자기 사라졌다. 그들이 다시 건강해졌는지 죽었는지는 알 수 없었다.

우리는 공원 출입구 앞에 섰다.

"시내로 나갈래." 프리더가 말했다.

나는 겁에 질려 어쩔 줄을 몰랐다. 공포감이 몸 한가운데에
서 폭발하여 혈관을 타고 손가락과 발가락과 귀까지 뻗어나갔
다. 나는 선 채 꼼짝도 하지 못했다. 몸을 움직이지 않았는데도
숨이 차올랐다.

"병원에서 알면 당장 외출을 취소할 거야." 내가 말했다.

프리더는 벌써 문 쪽으로 걸어가고 있었다. 그는 선로 쪽으로 난
석회 자갈 길을 저벅저벅 걸었다. 돌이 그의 발밑에서 밀려났다.

"거기 서! 일단 여기 공원에 있어 보자! 병원 사람들이 분명 시
내로 나가게 해줄 거야!" 내가 소리쳤다.

벌써 덤불 뒤에 있는 가공선(架空線)●이 눈에 들어왔다. 덤불
에는 검붉은 점들이 달려 있었다. 말라버린 들장미였다.

기차 소리가 들렸다. 점점 가까이 다가왔다. 프리더는 더 빠르
게 걸었다. 그는 낡은 육교를 향해 걸어갔다. 지금 프리더가 기차
로 뛰어들면 그건 내 책임이었다.

육교는 선로와 개울 위에 놓여 있었다. 맞은편이 시내, 곧 보행
자 전용 구역이었다. 프리더는 한쪽 발을 육교 맨 아래 계단에 올

● 전력을 보내거나 통신을 할 수 있도록 공중에 가로질러 설치한 선.

려놓았다. 그러더니 갑자기 멈춰섰다. 그는 육교 난간을 부여잡고 숨을 헐떡였다.

프리더는 몸을 돌려 나지막이 말했다. "정신병자나 우울증 환자 말고 다른 사람들을 보고 싶어."

철제 계단은 녹이 슬어 갈색이었다. 프리더의 얼굴이 땀에 젖어 반짝거렸다.

그는 계단에 쭈그리고 앉았다. 뒤에서는 자동차를 실은 화물열차가 덜그럭거리며 지나갔다. 갓 뽑아내 번쩍이는 벤츠들이 두 개 층에 실려 있었다.

"더는 힘들어서 못 가겠어." 프리더가 말했다.

이 멍청한 자식. 내가 너 때문에 얼마나 놀랐는지 알기나 해? 속으론 이런 생각을 했지만 프리더에게 대놓고 욕할 용기는 나지 않았다.

"거의 다 왔어." 내가 말했다.

나는 프리더의 손을 잡았다. 우리는 천천히 철제 계단을 올라가 선로와 개울 위를 지나 반대편으로 내려갔다.

보행자 전용 구역은 여름에 날씨가 좋을 때도 황량했다. 그러다 가을이 되면 견디기 힘든 곳이 되었다.

여름이면 사람들은 카우프호프 백화점과 C&A 옷가게에서 산 물건들로 불룩해진 비닐 쇼핑백을 앞뒤 양옆에 늘어놓고 현란한 광고가 그려진 대형 파라솔 밑에 앉아 멜바 복숭아 아이스크림을 먹었다.

가을이 되면 보기 흉한 파라솔은 치워졌다. 그러면 2차 세계 대전 후에 지어진 볼썽사나운 건물과 볼품없는 쇼윈도와 그 안에 있는 보기 흉한 물건들이 더 잘 보였다. 사실 이곳은 우울증을 앓는 사람들에겐 이상적인 장소였다. 여기에 있으면 그들은 주변 환경과 아주 잘 어울렸다. 여기에 있으면 그들은 인생에서 아름다운 것을 보고도 자신이 더는 기뻐할 줄 모른다는 걸 알아채지 못했다. 여기엔 아름다운 것이라곤 하나도 없었다.

"이곳에서 베라와 첫 키스를 했어. 그때만 해도 여기에 벤치가 있었는데." 내가 말했다.

오래전 일이 아니었다. 나는 그때 막 수학여행에서 돌아온 후였고 우리는 곧장 시내에서 만나기로 약속했다. 벤치에 앉아 있는데 베라가 내 이름을 부르는 소리가 들렸다. 그녀가 달려왔다. 내가 일어선 순간 베라는 내 품으로 뛰어들었다. 우리는 서로 부둥켜안고 빙빙 돌았다. 베라는 두 다리로 내 몸을 휘감았다. 그리고 아주 빠르게 내 입과 뺨과 목과 입과 이마에 차례로 입을 맞췄다. 베라가 나를 밀어 넘어뜨렸다. 그 바람에 나는 벤치에 눕고 말았다. 그녀는 다시 내 입에 키스했다.

베라는 나를 깔고 앉아 큰 소리로 웃었다. 파라솔 밑에 앉아 있던 사람들이 뚱한 표정으로 우리를 쳐다보았다.

몇 주 후 벤치는 얕은 등받이가 달린 오목 의자로 바뀌었다. 부랑자들이 더는 눕지 못하게 하려는 거였다. 부랑자들과 연인들이 눕지 못하게.

지금은 그냥 콘크리트 계단만 있었다. 이 계단은 보행자 전용 구역으로 가는 길 중간에 예술품이랍시고 세워놓은 작은 콘크리트 피라미드의 일부였다. 아니면 그냥 사람들이 쇼핑 후 쉴 수 있게 만들어놓은 거였든가. 계단은 폭이 넉넉하여 사람들이 누워 몸을 뻗기에 충분했다. 해까지 비추면 기분 좋게 따뜻해져서 계단에 누운 사람은 스르르 잠에 빠져들었다.

프리더와 나는 계단에 앉았다. 옆에는 부랑자들이 있었다.

프리더는 축축한 콘크리트 바닥을 내려다보았다.

"포장석이 뼈처럼 생겼어." 프리더가 말했다.

저음의 희미한 소리로 말한 탓에 나는 더럭 겁이 났다.

"죄다 뼈다귀뿐이야." 프리더는 더 나지막하게 말했다.

그는 히죽히죽 웃기 시작하더니 이내 딸꾹질을 하고 숨을 헐떡였다. "그런 식으로 쳐다보지 마!"

프리더는 고개를 젖히고 큰 소리로 낄낄댔다. 그가 웃는 모습을 처음 보는 사람은 그를 저능아쯤으로 생각했지만 머지않아 그 모습에 익숙해졌다.

프리더가 소리 내어 웃은 건 몇 달 만에 처음이었다.

"돌아갈래." 그가 말했다.

다시 선로 있는 데로 왔을 때 내가 말했다. "이리 와봐. 더 가까이 가보자! 혹시 손가락이나 핏자국이 있을지도 몰라."

우리는 구멍이 숭숭 뚫린 철조망 울타리로 몸을 집어넣었다. 그리고 선로에 바짝 붙어섰다. 다시 열차가 쉭 하고 달려왔다.

그 순간 난 프리더를 밀어버릴 수 있었다. 그러면 누구든지 그게 자살이라고 생각했을 거다.

나는 프리더를 곁눈으로 주시했다. 저 아이가 재빠르게 움직이면 몸을 던져 막을 생각이었다.

자살. 내 생각엔 질병처럼 들리는 말이었다. 또는 약물이 연상되는 말이었다. 과거엔 '자진'이라고 했다. 또는 '자결'이라고도 했다. 요새 프리더는 늘 자유죽음이라는 말을 사용했다. 프리더가 수면제를 삼켰을 때 특별히 자유로웠을 거라는 생각은 들지 않았다. 모든 게 단 하나의 결심을 향해 흘러갔다면 자유가 어디에 있었겠는가?

프리더가 눈을 감았다. 긴장이 완전히 풀린 모습이었다. 나는 숨을 참았다.

나는 프리더의 어깨를 잡고 될 수 있는 한 세게 밀어버리는 자세를 취했다. 그러곤 곧장 그의 어깨를 다시 뒤로 잡아챘다.

프리더가 소리쳤다.

"너 미쳤구나!"

선로가 덜거덕거리면서 다시 세찬 바람이 불었다. 프리더가 몸을 돌려 말했다. "난 알아. 어쩔 수 없을 때 내가 또 그렇게 할 수 있다는 걸. 아주 쉽거든."

나는 도움닫기를 하고 낙엽 더미로 뛰어들었다. 옆에 있는 더미로 달려가서는 나뭇잎을 발로 차 흩뜨려놓았다. 아이가 된 기분을 느껴보는 게 유쾌했고, 하다못해 아이처럼 구는 게 재미있었다. 조금쯤은 프리더를 위해 한 행동이기도 했다. 나무 밑에 미친 사람이 한 명 서 있었다. 그는 나무줄기에 몸을 기대고 나를 진지하게 연구자 같은 눈길로 바라보았다.

"의사가 그러는데, 부모님과 함께 살지 않는 게 좋대." 프리더가 말했다.

"그럼 정신병원으로 아주 들어가는 거야?" 내가 물었다.

"아니. 할아버지가 사시던 집이 비어 있어. 작년에 돌아가셨거든. 부모님도 내가 그 집에 들어가 사는 것에 반대하지 않으셔. 하지만 나 혼자 사는 건 바라지 않으셔." 프리더가 말했다.

병원으로 들어가는 계단을 올라가는 순간 하얀 건물 벽에 눈이 부셨다. 나는 한 번 더 뒤를 돌아다보았다. 하늘을 덮은 구름 군데군데에 틈이 나 있었다. 햇살이 노란 나뭇잎 위로 쏟아졌다. 잎에서 빛이 났다. 잔디에 구멍이 뚫린 듯한 모습이었다. 해가 아래에서 위로 비치는 것 같았다. 마치 지옥 같은 곳에서.

프리더 할아버지의 집은 마을 한가운데에 있었다. 집 앞을 지나는 도로가 교회 담벼락에서, 교회 문이 있는 곳에서 끝났다. 거친 돌로 만든 담벼락에 검은색 연철로 된 문이었다. 담벼락 위에서는 땅딸막한 개신교 교회의 종탑이 뚱뚱하고 심술궂은 난쟁이처럼 이쪽을 바라보고 있었다. 다행히 난쟁이는 감금되어 있었다.

집 현관문은 낡고 삐걱거렸다. 잠겨 있지도 않았다. 손잡이는 놋쇠였다. 현관 입구는 어둑어둑했다. 우리는 조명 스위치를 눌렀다. 천장 전등에 불이 들어왔지만 모든 게 더 어두워진 느낌이었다.

차가운 진흙 냄새가 났다. 장화에 묻은 흙에서 나는 거였다. 시큼한 구정물 냄새도 났다. 우리는 계단을 올라갔다. 구정물 냄새가 나는 곳에서 노인들 냄새가 풍기는 곳으로.

위층에는 방이 두어 개 있었다. 내부는 치워지고 투박한 옷장과 매트리스 없는 침대 틀이 있었다. 장작 화덕이 딸린 부엌도 있었다. 베라가 수도꼭지를 돌려보았으나 물은 나오지 않았다.

욕실로 가보았다. 보일러가 설치된 곳에는 타일에 오물이 묻어 있고 거미줄이 쳐져 있었다. 그 위쪽 벽에는 신문지로 막아놓은 환기구가 있었다.

다시 아래로 내려가려는데 베라가 말했다. "여기 또 문이 있어."

문은 꽉 끼어 열리지 않았다. 살짝 들어올려야 했다. 경첩이 삐 걱거렸다. 나는 안쪽 벽을 더듬었다.

"스위치를 못 찾겠어." 내가 말했다.

"여기 바깥에 있어." 베라가 말했다.

베라는 스위치를 눌러 불을 켰다.

방은 텅 비어 있다시피 했다. 한복판에 놓인 양탄자는 돌돌 말려 있고, 뒤쪽 벽에는 나무 선반이 있었다. 벽지는 담청색, 감청색, 청색의 세로줄 무늬가 들어간 것이었다.

"창문은?" 베라가 물었다.

"안 보여." 내가 말했다.

"창문도 없는 방에서 뭘 한다는 거지?" 베라가 말했다.

아래 1층은 바닥과 벽에 타일을 붙인 큰 공간이었다. 타일 이음새는 한때 흰색이었겠지만 지금은 적갈색으로 변했다. 동물을 도축하고 씻는 부엌이었다.

계단 옆에는 작은 외양간으로 가는 통로가 있었고, 외양간에는 칸막이로 둘러친 우리가 두 개 있었다. 그 위는 건초 보관소였다.

베라가 나를 건초 있는 데로 끌고 가 내게 키스했다.

"그런데 만일 걔가 너 있는 바로 옆방에서 자살하면?" 그녀가 물었다.

"안 그래."

베라는 나를 밀어내고 다시 사다리를 내려갔다.

"지금은 그 애 뇌가 약발을 받으니까 그렇게 말하겠지! 그러다 갑자기 약을 끊으면?"

프리더는 내게 다시는 자살하지 않겠다고 약속하지 않았다. 그러나 난 그 얘기를 베라에게 할 수 없었다.

"안 그런다니까." 내가 말했다.

"생각해봐. 아침에 그 애가 밥 먹으러 안 나와. 너는 걔를 그냥 자게 내버려두고. 어쩌면 걔는 1교시를 빼먹겠지. 점심 때 네가 다시 가보지만 걔는 아직도 제 방에 있어. 무슨 일이지? 밤에 잠을 설쳤나보군. 넌 이렇게 생각할 거야. 저녁에 방문을 두드려보지만 아무 반응이 없어. 한 번 더 아주 크게 두드려보다가 문을 열겠지. 방이 어두워. 그럼 넌 불을 켤 테고. 그 애는 침대에 누워 있어. 네가 가까이 다가가겠지. 그 애 몸이 차가워. 응급 의사는 네가 아침에 살펴보았다면 그 애를 구할 수 있었다고 말해. 네 책임인 거야!"

"내 책임 아니야."

"아하, 그러니까 그런 것도 예상은 하고 있구나?"

프리더와 함께 산다는 것, 그건 엄마의 진상 남친에게서 벗어날 수 있는 기회였다. 그렇게 하면 그가 우리 집 차고 입구 바닥에 포장석을 깔거나, 건물 정면에 페인트를 칠하거나, 방 천장에 볼품없는 판자를 대고 못질을 할 때 도와줄 필요가 없었다.

그의 끊임없는 푸념도 참아낼 필요가 없었다. "신사는 고등학교에 다니지. 신사는 아무하고나 이야기하지 않지!" 그의 횡설수설에 아무 대꾸를 하지 않았다는 이유만으로 그는 내가 잘난 사람이라고 말했다.

엄마가 나하고 5분 이상 이야기를 나누면 그는 실쭉해져서 사흘 동안 한마디도 하지 않는 벌을 내렸다. 그러곤 맥주 예닐곱 병을 들이붓고는 폭발했다.

하지만 여동생들은 그를 좋아했다. 아직까지는. 큰 여동생은 이제 막 사춘기에 접어들었다. 엄마 남친이 자기를 어떤 눈빛으로 쳐다보는지 깨닫는 순간 동생은 그 남자를 증오할 거다.

엄마 남친은 작은 여동생에게 줄기차게 인형과 사탕을 선물했다. 그가 동생을 뚫어져라 쳐다보고 동생이 그를 증오하게 되기까지는 몇 년 더 있어야 할 거다.

엄마는 바보가 아니었다. 그런 만큼 엄마 남친은 멍청이였다.

내 친구들 부모님을 봐도 참 희한했다. 아버지들은 언제나 엄마들보다 한참 멍청이였다. 아버지는 기술자나 뭐 그런 사람이고 엄마는 그냥 가정주부일 때도 그랬다. 가장 똑똑하고 가장 상냥한 여자들이 가장 멍청한 얼간이를 남편으로 두고 있었다.

여자들이 그런 유형의 남자들한테 무슨 매력을 느끼는지 알다가도 모를 일이다. 돈을 엄청나게 많이 벌든가, 아니면 자세히 상상하고 싶지 않은 다른 특징이 있을 거다. 한번은 프리더가 내게 '정리'가 무엇인지 설명한 적이 있었다. 수학에서 말하는 정리 말이다. 그건 말하자면 증명된 주장 같은 것이다. 공리에 기초하고 있기 때문이다. 공리는 누구나 금방 납득하는 자명한 규칙이다. 더는 쪼갤 수 없는 규칙이다. 그러니까 실제로는 원자 같은 것이었다. 최소한 전자가 발견되기 전까지는 그랬다. 이후 오토 한이 원자핵마저 작게 쪼갰다. 이 업적으로 그는 노벨상을 받았다. 지극히 당연했다. 그의 100세 탄생일에는 5마르크짜리 기념주화가 나왔다. 은화가 아니라 동과 니켈을 합금해 만든 최초의 기념주화였다. 주화 가장자리에는 '최초의 우라늄 핵분열 1938'이라고 새겨져 있었다.

나랑 무슨 상관이람.

어쨌든 프리더는 수학적 정리를 하나 세웠는데 내용은 이랬다. "결혼 생활의 평균 IQ는 언제나 정확히 100이다."

나는 큰 소란 없이 집에서 나왔다. 좋은 일을 하려는 것이었으니까. 프리더가 자살하는 걸 막기 위해 나는 집에서 나올 생각이었다. 게다가 월세를 낼 필요도 없었다. 한편으로는 그랬다.

다른 한편으로는 베라 말이 맞았다. 나는 다시는 저녁에 외출을 하지 못할 거다. 집에서 시체를 발견할지 모른다는 걱정을 늘 해야 하니까. 다시는 베라 집에서 밤을 보낼 수 없을 거다.

프리더가 정신병원에서 지낼 때 상황은 그렇게 나쁘지 않았다. 그는 매일 아침 자전거를 타고 학교에 등교했다. 숙제를 하고, 필기시험을 앞두고는 학교 도서실에서 공부도 했다. 오후에 다시 병원으로 돌아가면, 프리더가 자살하지 못하게 막아줄 수 있는 전문 지식을 갖춘 의사들과 간호사들이 있었다. 하루의 전체 일과는 아마 우리와 함께 지내는 것보다 훨씬 규칙적이었을 것이다. 규칙성, 이게 중요했다. 특히 정신이 온전치 못한 사람이라면. 규칙성은 안정감을 준다. 뭔가를 하면서 규칙적으로 산다는 것. 프리더는 작업 요법을 지키며 하루에 세 번 정시에 식사를 했다. 더구나 이젠 파울리네도 병동에 함께 있었다. 베라 다음으로 세상에서 가장 예쁜 여자아이가.

나는 이런 생각이 들었다. 닭머슴 회프너, 넌 비겁한 놈이야. 편히 잠잘 수만 있다면 친구가 감옥에 가도록 내버려둘 놈이야.

프리더는 정신병원에서 나가고 싶어 했다. 걔가 거기서 나가야 한다는 건 누구나 알고 있었다. 만일 계속 병원에 머문다면, 복용하는 약과 간호사들의 부드러운 목소리와 아래팔 맨살에서 느껴지는 인조 가죽 카우치의 촉감, 그리고 담배 연기와 세제와 식은 땀 냄새 들 때문에 차츰 그는 차츰 불안정하게 걸어다니는 브로콜리가 될 것이다. 아니면 규칙적으로 하루 일과를 보내는 무슨 다른 채소로 바뀔 것이다.

프리더는 내게 함께 살자고 제안했다. 그걸 거절하기가 불가능했다.

나는 등 뒤로 현관문을 잡아당겨 닫았다. 끼익 소리가 났다. 베라가 쐐기풀로 빽빽이 뒤덮인 퇴비 더미 옆에 서 있었다. 집집마다 문 앞에 퇴비 저장소가 있었다. 콘크리트로 단을 만들고 주변에 낮은 울타리를 쳐놓았는데 지금은 사용하지 않는 곳이었다. 퇴비 더미는 쐐기풀로 무성했다. 저장 공간을 비워낸 뒤 울타리 턱밑까지 표토로 채우고 제라늄을 심어놓은 곳도 있었다.

동네에서 쐐기풀 둔덕을 모조리 헐고 퇴비 저장소에 제라늄과 해바라기 같은 것을 심은 적이 있었다. 그때 이곳은 '우리 마을을 더 아름답게'라는 행사에서 전국 3위를 했다.

아니면 4위였나.

잘 모르겠다.

만일 프리더와 함께 사는 사람이 나 혼자가 아니라면? 만일 두 명이 프리더를 돌본다면? 그러면 책임도 별로 크지 않을 거다.

베라가 나를 올려다보았다. 그러더니 퇴비 더미 울타리로 올라가 나를 내려다보며 말했다. "좋아. 나도 들어갈게."

창문이 무척 작았다. 그래서 우리는 방을 오렌지색으로 칠했다. "이러면 언제나 햇살이 비치는 것 같잖아!" 베라가 말했다.

프리더는 이게 유치하다고 생각했다. 그는 자기 방을 흰색과 담청색으로 칠했다. 벽은 흰색으로, 굽도리판자와 문과 창틀은 담청색으로 했다. 심지어 침대와 책상과 의자까지 파란색으로 칠했다.

전에 프리더와 함께 영화관에서 「희랍인 조르바」를 본 적이 있었다. 그 후로 프리더는 그리스를 미치도록 좋아했다. 조르바는 하루하루를 자유롭게 살면서 별달리 큰 고민을 하지 않는 사람이었다. 프리더는 이걸 마음에 들어 했다.

그는 문 옆에 담청색 액자를 걸었다. 액자 안에는 이런 메뉴판이 붙어 있었다.

이비클리코스(0.25리터) : 무료

사지키●(소) : 무료

커피(대) : 무료(재고가 있으면)

"전부 무료면 이걸 왜 다 적어놔?" 베라가 물었다.

프리더는 트랙터에 짐차를 달고 통통거리며 우리 집에 왔다.
나는 프리더와 함께 내 짐을 짐차에 실었다. 소형 텔레비전은 그
냥 집에 두었다. 여동생들이 나처럼 텔레비전을 많이 보지 않기
를 바랐다.

곧 옆 마을에 사는 베라네 집으로 갔다. 짐차는 공간이 많이
남아 넉넉했다. 짐차 틈새에 오래된 건초가 끼어 있었다. 한쪽 구
석에 우리가 사용할 매트리스를 나란히 눕히고 상자와 플로어 스
탠드도 실었다. 스탠드는 잘 서 있다가 첫 번째 커브길에서 쓰러
졌다.

마지막으로 느릿느릿 차를 몰고 체칠리아네 집으로 갔다. 베라
의 부모님은 베라 혼자 사내 녀석 두 명과 한 집에서 사는 걸 허
락하지 않았다. 그래서 체칠리아가 같이 들어가게 되었다. 나는
체칠리아가 왜 그러겠다고 했는지 이해할 수 없었다. 그녀는 집에

● 요구르트에 오이·마늘·허브·식초 등을 넣어 만든 그리스 전통 요리.

어마어마하게 큰 방이 있고 부모님은 집에 있는 날이 거의 없었다. 아무에게도 방해받지 않고 거실에서 텔레비전도 볼 수 있었다. 심지어 지하실에는 수영장까지 있다고 베라가 말해주었다. 베라는 이걸 자기 엄마한테 들어서 알고 있었다. 베라의 엄마는 매주 화요일 오전에 체칠리아네 집에서 청소 일을 했다.

체칠리아의 엄마는 로터리 클럽에서 뭔가를 하는 사람이었다. 로터리 클럽은 건축가들과 건설 기업가들의 단체 같은 거였다. 그 사람들은 성탄절이 다가오면 매번 돈을 모았다. 그러면 신문의 지역 소식란 1면에 그들이 적십자사나 고아원에 판지로 된 커다란 수표를 건네는 큼지막한 사진과 기사가 실렸다.

여하튼 체칠리아는 자기 도움이 없으면 프리더가 정신병원에서 나올 가망이 없다고 엄마에게 말했고 함께 들어가 살아도 좋다는 허락을 받았다.

체칠리아는 이사 화물차를 옆에 두고 길가에 서서 엄마와 싸우고 있었다. 한 남자가 집에서 서랍장을 들고 나왔다. 눈부시게 하얀 여학생 서랍장이었다. 다리는 곡선을 그리며 휘어졌고 서랍에는 금색 소용돌이 장식이 붙어 있었다.

"이런 거 다 필요 없어!" 체칠리아가 소리쳤다.

가구 포장하는 남자가 멈춰섰다.

체칠리아의 엄마는 딸과 가구 포장하는 남자를 차례로 설득했다. 남자는 서랍장을 화물차 짐칸에 싣고 다시 집으로 들어갔다.

"이런 거 다 필요 없어!" 체칠리아가 또 소리를 질렀다.

그녀는 차고에서 자전거를 밀고 나와 우리 짐차에 올려놓고 우리가 있는 트랙터에 올라탔다.

체칠리아의 엄마가 달려와 딸에게 길쭉한 검정색 소형 트렁크를 건넸다.

"와, 따발총이다!" 베라가 말했다.

"와, 아기 관이다!" 프리더가 말했다.

체칠리아의 엄마는 처음에 베라를 쳐다보고 다음으로 프리더를 바라보았다. 그리고 이상하다는 듯이 다시 체칠리아를 쳐다보았다. 체칠리아는 아무 말도 하지 않았다. 하다못해 얼굴 표정으로라도 대답하지 않았다.

프리더는 논길을 가로질러 지름길로 갔다. 그러나 우리가 프리더의 할아버지 집에 도착했을 때 가구를 실은 차가 이미 와 있었다.

저녁에 우리는 처음으로 부엌 식탁에 둘러앉았다. 녹음기에서 그때 막 꺼내놓은 카세트테이프가 돌아갔다. 다른 테이프들은 모두 상자 어딘가에 들어 있었다.

음악 소리가 너무 커 저녁을 먹을 때 대화하기가 힘들었다. 그래도 상관없었다. 우리는 이제 겨우 시작했을 뿐이었다. 시작할 때는 아직 이야기할 게 많지 않았다. 우리는 스파게티를 포크에 돌돌 말아 먹으며 무릎을 까닥거렸다.

"너는 악기를 배우면 좋겠어. 도움이 될 거야." 체칠리아가 프리더에게 말했다.

그때 난데없이 자이델 씨가 문 앞에 서 있었다. 맞은편 집에 사는 나이 든 농부였다. 그는 꽤 무뚝뚝한 표정으로 우리를 바라보았다. 두 손에는 도끼를 들고 있었다.

프리더는 녹음기 버튼을 돌려 음악 소리를 줄였다.

자이델 씨가 말했다. "프리더, 네 할아버지가 전에 나한테 도끼를 빌려주셨어. 그 후 병이 나서 돌아가셨지. 자, 잊지 않고 가져왔다. 도끼날은 내가 갈았어."

녹음기에서 노래가 흘러나왔다. 「아워 하우스(Our House)」[•]였다.

"저희 아빠가 벌써부터 찾고 계셨어요." 프리더가 말했다.

자이델 씨가 노래에 귀를 기울였다.

그러더니 이렇게 말하는 것이었다. "아우어하우스. 아하, 아우어록세[••] 같은 거구나. 아우어하우스."

[•] 영국 밴드 매드니스(Madness)가 1982년에 발표한 노래.

[••] 아우어록세(Auerochse)는 독일어로 '들소'라는 뜻이다. 자이델 씨는 영어로 된 노랫말의 '아워 하우스(our house)'를 '아우어하우스(Auerhaus)'로 잘못 알아듣고, 이를 발음이 비슷한 '아우어록세' 같은 말이라고 생각한 것이다.

아침이면 우리는 집 앞에서 배드민턴을 쳤다. 저녁에는 서로의 방을 찾아가거나 부엌 식탁에 둘러앉아 이야기를 나누고 담배를 피웠다.

나는 이제 침대에 웅크리고 앉아 바보상자를 뚫어져라 바라볼 필요가 없었다. 엄마의 진상 남친에게 마뜩잖은 잔소리를 들을 염려 없이 집 안 여기저기를 돌아다닐 수 있었다.

며칠 후 체칠리아가 말했다. "너 이제는 전혀 구부정하게 걷지 않네. 전에는 늘 집에서 구부정하게 웅크리고 다녔어. 진짜 희한해."

커피 통이 비었다. 나는 커피 통을 다시 창턱에 갖다 놓았다.

바깥에서는 프리더가 아침 안개를 맞으며 가로등 밑에 서 있었다. 그는 젖은 아스팔트 위에서 까치발로 종종거리며 뒷걸음질을 쳤다. 그러곤 팔을 쳐들고 몸을 뒤로 젖힌 후 라켓을 앞으로 내리쳤다. 셔틀콕이 베라 머리 위로 큰 포물선을 그리며 날아갔다.

"서둘러!" 체칠리아가 계단에서 소리쳤다.

나는 학교 준비물이 든 비닐 봉투를 집어들었다. 계단을 껑충 뛰어 두 걸음 만에 내려가면 부엌 식탁에서 외양간까지 3초가 걸렸다. 그냥 달려 내려가도 3초가 걸렸다.

프리더는 외양간에서 자전거를 밀고 나왔다. 그는 망토 우비 위에 큼지막한 노란색 티셔츠를 입고 있었다. 트리플 엑스 라지 (XXXL)였는데, 베라는 그 옷을 어디에서 집어왔는지 기억하지 못했다.

4인 편대가 자전거를 타고 출발했다. 베라가 선두에 서고 체칠리아가 후미에서 달리는 마름모꼴 편대였다. 프리더와 나는 양옆에서 달렸다. 우리는 지역 표지판을 지난 뒤 자리를 바꿨다. "시계 반대 방향으로 회전!" 프리더가 외쳤다. 프리더와 베라가 하나씩 뒤로 물러나고, 체칠리아는 앞으로 나가 베라 옆에서 달리고, 나는 맨 앞으로 나아갔다. 우리 뒤쪽에서 출근 차량들이 정체를 빚었다.

절반쯤 달린 후 왼쪽으로 급히 꺾이는 커브길이 나오기 직전 우리는 최종 대형을 갖췄다. 일렬종대였다. 노란 운동복을 입은 프리더가 4인 편대를 선도했다. 페달을 밟을 때마다 그의 몸이 좌우로 흔들렸다. 터무니없이 커다란 메트로놈의 굵은 노란색 추처럼 몸이 일정하게 움직였다. 시각 장애인 오케스트라에서 쓰는 메트로놈의 추 같았다.

프리더의 기다란 갈색 곱슬머리가 바람에 휘날렸다. 그 뒤로 베라가, 다음으로 내가, 제일 뒤에서 체칠리아가 달렸다.

어쨌든 우리는 정상적으로 생활했다. 아침에 일어나 식사를 차리고, 배드민턴을 치고, 먹을 것을 조달하고, 함께 음식을 만들었다.

"기도하자!" 식사를 하기 전 프리더가 말했다.

"배고프니 밀어 넣고, 아까우니 아껴 먹자!" 우리는 함께 외쳤다.

"아멘." 프리더가 덧붙였다.

우리는 정상적으로 살았다. 꽤 많은 이야기를 나누었고, 아침 먹으며 대화했고, 점심 먹으며 대화했고, 저녁에도 대화했다. 대화를 한다는 건 우리 중 한 사람, 자살을 시도했던 한 명을 보살피는 것을 뜻했다.

나는 왜 그 애가 자살하려 했는지 이해할 수 없었다. 몇 주가 흐른 뒤에도 이해할 수 없었다.

아니, 그 이유는 대강 이해는 했지만, 그 애가 정말 자살을 시

도했다는 자체를 이해할 수 없었다

슬프다는 것과 자살하고 싶다는 것, 이건 서로 다른 문제였다.

나는 우울증이 뭔지 알고 있었다. 엄마가 설명해준 적이 있었다. 그건 그냥 멍하니 앉아 있는 거다. 아니면 누워 있는 거다. 그리고 아무 일도 할 수 없는 거다. 정상적인 상황에서는 한 가지 생각을 하다가 다른 생각으로 넘어간다. 하지만 우울증이 있으면 그 어떤 생각도 진전되지 않는다. 생각이 그냥 끊어진다.

우울증을 앓는 뇌는 바텀 브래킷•이 고장 난 자전거와 같다. 제아무리 허우적대며 몸부림을 쳐도 앞으로 나아가지 못한다.

프리더는 무척 허둥대며 많이 먹었다. 언제나 가장 먼저 식사를 끝내는 사람도 그였다. 다 먹고 나면 접시를 밀어놓고 말했다. "나 배불러. 그리고 슬퍼."

• 자전거의 왼쪽 페달과 오른쪽 페달이 만나는 자전거의 중심부. 다리의 상하 운동을 크랭크를 통해 회전 운동으로 바꾸는 역할을 한다.

학교에 갈 때 우리는 꿋꿋하게 자전거를 타고 갔다. 하지만 가끔 타이어에 펑크가 날 때가 있었다. 아침에 보면 비가 온종일 그치지 않을 것 같은 때도 있었다. 그런 날을 대비해 우리는 기한이 지난 1개월짜리 대중교통 정기 승차권을 모아두었다.

1개월짜리 승차권은 두꺼운 작은 종이에 달을 표시하는 글자 세 개, 연도를 뜻하는 숫자 두 개가 인쇄된 차표였다. 우리는 날짜가 지난 정기권에서 OKT(10월)나 NOV(11월) 또는 DEZ(12월)를 잘라 연도 표시 앞에 붙였다.

이건 딱히 사기가 아니었다. 우리가 이미 돈을 지불한 승차권에서 유효 기간만 연장했을 뿐이니까. 승차권에 뭔가 잘라 붙여 장난을 쳤다는 건 의심을 품고 봐야 알아볼 수 있었다. 여기저기

흠집이 생긴 투명 비닐 속의 승차권은 아주 멀쩡해 보였다.

"베를린에서는 버스가 히치하이킹하는 사람들을 태워줘." 내가 말했다.

"우리를 태워준 건 그 버스 하나밖에 없었어." 베라가 말했다.

"너희가 태워달라고 했으면 버스마다 다 태워줬을 거야. 그건 100퍼센트야." 프리더가 말했다.

엄마는 우리에게 슈퍼마켓에서 먹을 것을 가져다주었다. 불량품이라서 골라낸 사과나 파프리카 또는 유통 기한이 막 지난 요구르트 몇 개를 나무 상자에 절반쯤 담아 왔다.

프리더는 금요일마다 빵집에서 커다란 빵 한 덩이를 가져왔다. 그러면 프리더의 부모님이 곡물로 빵값을 치렀다. 그걸 보니 어딘가 익숙한 느낌이 들었다. 동화나 그 비슷한 데서 읽은 것 같은데 무슨 책인지는 생각나지 않았다.

커피와 포도주와 비싼 식료품은 프리더가 페니 슈퍼마켓에서 훔쳐왔다. 언젠가 베라가 프리더에게 그렇게 해보라는 말을 했었는데, 아무 탈 없이 잘되고 있었다.

거기다 나는 양계장에서 일을 하며 돈을 벌었고, 내가 받는 반고아 연금●도 있었다. 그래도 식비는 언제나 금방 바닥이 났다.

체칠리아는 부모님이 주는 돈은 받지 않겠다고 했다. 그녀의

● 연금 수급권이 있는 부모 중 한 명이 사망했을 때 자녀가 받는 연금.

자존심을 지키는 데는 가상한지 몰라도 우리가 볼 때는 잘못된 생각이었다.

다시 돈이 떨어지자 나는 내가 수집해둔 동전을 팔았다.

대여섯 살 적부터 나는 생일이나 성탄절, 성찬식이나 견진 성사 때 매번 동전을 선물로 받았다. 처음에는 삼촌이 그냥 주었고, 언젠가는 할아버지가, 그 후에는 엄마까지 동전을 주었다. 왜 주었는지는 전혀 기억나지 않았다. 동전을 계속 선물로 받으면 동전에 관심을 가질 거라고 믿었는지도 모르겠다.

그 후 언제부터인가 나는 정말 동전에 흥미가 생기기 시작했다. 어떤 금속으로 만들어졌는지, 어느 해에 나왔는지, 동전에 무엇이 새겨져 있는지 관심이 갔다. 사실 내가 화학이나 역사 과목에서 알고 있는 내용은 모두 동전을 수집하며 배운 거다.

내가 가지고 있던 건 주로 은으로 만든 기념주화였지만, 오래된 유통 주화도 있었다. 그러니까 전에 사람들이 실제로 사용했던 돈 말이다. 예를 들면 1934년에 발행된 1마르크짜리 동전도 있었다. 나는 옛날에 히틀러가 그 동전을 손에 쥐고 있는 모습을 상상했다. 그런데 그는 그걸로 무엇을 샀을까? 당시 1마르크를 내면 무엇을 살 수 있었을까? 어쩌면 빵 다섯 덩어리를 샀을지 모른다. 그런데 히틀러가 과연 가게에 가서 돈을 낼 필요가 있었을까? 그는 어쨌든 히틀러였지 않은가? 내가 가진 동전 중 가장 오래된 건

10페니히짜리 동전이었다. 앞면에 '독일 제국 1899'라는 글자가 새겨진 구리와 니켈의 합금이었다. 보존 상태는 '보통(schön)'이었는데, 이게 동전 수집가들에게는 전혀 보통에 못 미친다는 걸 의미했다. 뒷면에 그려진 독수리의 배는 완전히 닳아 편평했다.●

나는 '보통' 등급의 동전보다 닳고 닳은 동전이 훨씬 좋았다. 흠잡을 데 없는 동전, 이른바 '극미(vorzüglich)' 등급의 동전은 오랜 세월을 그냥 상자나 우단 깐 서랍 안에서 이리저리 굴러다닌 것이지만, 닳고 닳은 동전은 뭔가를 경험한 것들이었다.

내가 팔지 않고 가지고 있던 유일한 동전은 1932년에 구리로 만든 4페니히짜리 동전이었다. 가정주부의 저축을 도우려고 발행한 것이었다. 어쨌든 삼촌이 들려준 얘기는 그랬다. 동전에는 글자 A가 새겨져 있었다. 베를린에서 주조되었다는 뜻이었다.●● 나는 이걸 청바지 호주머니에 붙은 꼬마주머니에 부적처럼 넣고 다녔다. 저축과 베를린이라는 의미 때문에.

프리더는 온종일 곰곰 생각에 잠겨 보냈다. 그러다 뭔가가 생각나면 나를 흘깃 쳐다보았다. 마치 초대를 기다리는 사람 같았다. 내가 "왜?" 하고 물으면 그때 생각난 걸 이야기했다.

● 독일에서는 주화의 등급을 대개 12등급으로 나눈다. '보통(schön)'은 8등급으로, 장기간 유통으로 주화의 도안이 상당 부분 마모된 상태를 의미한다.
●● 주조된 도시에 따라 각기 다른 알파벳 문자를 새겼다. 예를 들어 베를린은 A, 뮌헨은 D, 슈투트가르트는 F로 표기했다.

"왜?" 내가 물었다.

"난 자살할 마음은 없었어. 그냥 더는 살기 싫었을 뿐이야. 이건 엄연히 다른 거라고 생각해." 프리더가 말했다.

우리 마을 한복판에 공중전화 부스가 있었다. 우리가 사는 집 부엌 창문에서도 내다보였다.

　저녁 6시가 되면 그때부터 외국인 노동자 가족들이 공중전화 앞에 길게 줄을 늘어섰다. 처음엔 엄마들이 통화하고, 다음엔 아빠들이, 그다음엔 아이들이 차례차례 통화했다. 아이들은 유치원에 다니는 어린애부터 견습생까지 있었다. 그들은 스페인이나 이탈리아나 유고슬라비아에 사는 조부모, 삼촌, 고모와 이모, 사촌들과 통화했다.

　어느 날 저녁 베라가 말했다. "하룻밤 지날 때마다 계속 사람이 늘어나."

　"공중전화가 고장 났거든." 프리더가 말했다.

이젠 1마르크 동전 하나를 넣으면 얼마든지 원하는 시간만큼 통화할 수 있었다. 게다가 전화를 끊으면 1마르크 동전이 다시 나왔다.

체칠리아를 빼면 아쉽게도 우리에겐 국제전화를 걸 만한 사람이 없었다. 체칠리아는 미국에 아는 사람이 있었지만, 그곳에 전화를 걸고 싶을 때는 언제나 부모님이 사는 집으로 갔다.

Birth, school, work, death.● 태어나 학교에 가고 일하다 죽는
다. 수업 듣고, 휴식하고, 시험 치는 이 메커니즘은 여전히 변한
게 없었다. 겉으로 보기엔.

왜냐하면 선생님들이 우리를 대하는 태도가 예전과 확연히 달
라졌기 때문이다. 선생님들은 프리더와 내가 무엇을 해도 상관하
지 않았다. 우리는 보고 싶은 책은 거리낌 없이 책상에 올려놓고
읽었다. 나는 만화책을 보았고 프리더는 무슨 철학자나 심리학자
의 책이나 자살 안내서를 읽었다. 그중 하나가 알프레드 아들
러의 『우리는 왜 사는가?』였다. 알프레드 아들러라니. 꼭 도널드

● 영국 록 밴드 더 갓파더스(The Godfathers)가 1988년에 발표한 노래 제목.

덕 만화에 나오는 캐릭터 이름 같았다.

"그래서, 그 사람은 그 이유를 안대?" 내가 프리더에게 나지막이 물었다.

"결혼하기 위해서, 그리고 아이를 낳기 위해서래." 프리더가 속삭였다.

프리더는 소리 없이 낄낄대고 웃었지만 그 모습은 평소보다 요란했다.

우리가 발표하겠다고 손을 들면 선생님들은 즉시 발언 기회를 주었다. 우리가 하려는 말이 아주 시급한 내용이라 당장 들어봐야 한다는 듯이. 선생님들은 갑자기 우리를 무슨 깨달음을 얻은 사람으로 생각했다. 또는 프리더에게 잘해주지 않으면 다시 자살할 수 있다는 두려움을 가지고 있었다.

태어나 학교에 가고 일하다 죽는다. 체칠리아는 선생님들의 태도가 불공평하다고 늘 불평했다. 자기보다 나쁜 점수를 받은 아이들을 부당하게 대한다는 거였다. 그녀는 자기가 받은 좋은 점수가 부당할 수 있다는 생각은 하지 못했다.

수업 내용은 괜찮았다. 혈액 순환, 법치 국가, 국민 총생산 등 모두 훗날 우리에게 쓸모 있는 것들이었다.

거기다 미술도 조금 다뤘고 문학도 공부했다. "문학이란 건 누구나 밑을 닦는 데 쓰는 휴지야." 프리더가 말했다.

내가 보기엔 과격한 발언이었다.

이상한 건 우리 반 다른 아이들이었다. 모든 게 전과 다름없이 흘러가는 아이들.

"너는 대체 무엇 때문에 사니?" 만일 시험 전에 그 아이들에게 물었다면 이렇게 대답했을 거다. "그건 중요하지도 않고 우리가 알 필요도 없어."

그 아이들은 집에서 학교를 다닌다. 애벌레에서 번데기가 되고, 아비투어를 치르고, 대학에서 공부한다. 고치가 터지면 자기 부모와 똑같은 모습이 된다. 개인 병원과 법률 사무소와 엔지니어 사무실을 물려받는다. 그들은 부모로부터 아비투어와 삶을 상속받는다.

그들은 이 노래를 알고 있었지만, 노래 부를 때는 분노하기는커녕 황홀한 듯이 웃었다. "Birth, school, work, death!"

"우리 부모님은 내가 김나지움에 다니는 걸 뿌듯해하셔. 장차 내가 달에 가면 그것도 자랑스러워하실 거야. 하지만 그분들이 모르는 게 있어." 프리더가 말했다.

"뭔데?"

"무중력 상태가 어떤 느낌인지. 저 위 세상이 어떤 모습인지."

Birth, school, work, death. 하리는 벌써 '일'을 시작했다.

그가 느닷없이 우리 부엌에 앉아 있었다. 부엌에는 매번 내가 모르는 누군가가 앉아 있었다. 우리가 사는 집 현관문은 늘 열려 있었으니까. 어떤 애들은 자기가 왔다 갔다거나 무슨 볼일이 있어서 왔었다는 쪽지를 써놓았고, 어떤 애들은 그냥 앉아서 무작정 기다렸다.

이번에는 그게 하리였다. 나는 녀석의 이름이 하리라는 것도 몰랐다.

나는 녀석이 베라나 프리더가 아는 애일 거라고 생각했다. 어쨌든 체칠리아가 아는 애처럼 보이지는 않았다. 하지만 베라와 프리더는 쇼핑을 하러 갔기 때문에 집에 없었다. 이 쇼핑이라는 말에는 따옴표를 붙여야 한다.

여하튼 녀석은 가슴받이가 달린 빨간 멜빵바지 차림이었다. 앞쪽 가슴받이에는 절연 손잡이가 달린 작은 집게가 꽂혀 있고 그 옆에는 검전기(檢電器)가 달려 있었다.

"안녕?" 내가 말했다.

"안녕?" 녀석이 말했다.

그는 연초를 조인트●에 부스러뜨려 넣었다. 고개를 들어 쳐다보지도 않았다.

"안녕?"

"그래, 안녕? 같이 피울래? 난 하리야."

하리는 이상한 연초를 피웠다. 뭔가 달고 부드러운 맛이 났다.

"꿀맛이 나." 내가 말했다.

"우리 가족의 오랜 비법이야." 하리가 말했다.

"그게 뭔데? 말해봐."

"영업 비밀이야."

하리는 유치원 다닐 때부터 프리더를 알고 지냈다. 지금은 슈투트가르트로 실습을 하러 다녔다.

"전기공은 엘리트야. 정말이야! 벽돌공이나 도장공은 멍청이들

● 마리화나(대마초)를 종이에 말아서 만든 담배.

이지. 하지만 멍청해도 상관없어. 벽 이음매를 엉망으로 발라도 그런대로 쓸 만은 하잖아. 페인트를 너무 묽게 발라도 큰 문제는 없고. 하지만 전기공이 멍청하면 살아서는 실습을 통과하지 못해." 하리가 말했다.

내가 조금 의심스러운 눈빛으로 쳐다본 모양이었다.

어쨌든 하리는 이렇게 말했다. "정말이야! 나랑 함께 시작했던 사람 중에 벌써 두 명이 셀프 바비큐를 했어. 한 명은 차단기 내리는 걸 잊어버리고, 또 한 명은 담력 시험을 하다가 그렇게 됐어. 나 참, 아이큐 테스트를 하는 편이 더 정확하겠어. 내 개인적인 생각으로는 전기공은 엘리트야. 명심해. 실습을 통과한 사람들 말이야."

나는 금방 하리가 좋아졌다. 도장공에 대한 그의 생각도 마음에 들었다.

"바비큐를 했다고? 살이 탈 정도로?" 내가 물었다.

"케첩도 발라야지!" 하리가 말했다.

그날부터 하리는 매일 오후 일이 끝나면 우리가 사는 집에 들렀다. 그는 새벽 5시 30분에 슈투트가르트행 기차에 올랐다가 오후 5시에는 빨간 멜빵바지 차림으로 우리 집 부엌에 앉아 마리화나를 피웠다.

"차를 살 거야. 당장. 무슨 차건 상관없어! 너무 작지만 않으면 돼. 기름 꽤나 먹는 걸로. 협궤 열차, 버스, 자전거! 우린 가난뱅이가 아니잖아!" 하리가 말했다.

몇 주가 지난 뒤 하리가 물었다. "너희들 게이니?"

프리더와 나는 서로 얼굴을 바라보았다.

"너희들이 같이 살고 있으니 하는 말이야. 책도 읽고, 요리도 하고!" 하리가 말했다.

"회프너는 내 남친이야!" 베라가 말했다.

"슈투트가르트에서는 결혼한 남자들도 기차역으로 몰려들어. 솔직히 말해봐. 너희는 어때?" 하리가 물었다.

"난 아닌 것 같아." 프리더가 말했다.

"나도 아닌 것 같아. 넌 게이야?" 내가 물었다.

"~인 것 같다는 건 모른다는 뜻이야." 하리가 대꾸했다.

"그래서?" 내가 물었다.

"그래서 뭐?" 하리가 말했다.

"넌 게이야?" 내가 물었다.

"난 그런 것 같아." 하리가 대답했다.

"~인 것 같다는 건 모른다는 뜻이야." 베라가 말했다.

"네 부모님은 아셔?" 프리더가 물었다.

"한 분만." 하리가 대답했다.

"너희 아빠?" 프리더가 물었다.

"아빠가 알면 나를 때려죽일 거야." 하리가 대답했다.

밖에서 미친 듯이 비가 퍼부었다. 창문 바깥쪽 유리창에서 빗물이 큰 파도가 되어 흘러내렸다. 파도가 칠 때마다 길 건너 자이델 씨 집이 요동쳤다. 집이 커지고 늘어났다가 다시 움츠러들었다.

"그래도." 프리더가 말했다.

그는 커피가 거의 넘칠 때까지 커다란 잔에 따랐다. 그러곤 몸을 굽혀 검은 커피를 홀짝홀짝 마셨다.

"그래도 나는 자전거로 갈래." 프리더가 말했다.

체칠리아와 베라와 나는 서둘렀다. 버스를 타고 시내에 나가려면 일찍 출발해야 했다. 프리더는 피곤한 표정으로 웃었다.

3교시에 내 옆자리는 여전히 비어 있었다. 프리더가 건초 보관소에서 밧줄에 목을 매단 장면이 아른거렸다. 내겐 그걸 막을 방도가 없었다.

프리더가 자살할 거라는 생각이 들면 항상 목을 매는 장면이 떠올랐다. 우리에겐 권총이 없었다. 그는 열차에 몸을 던지지도 않을 거다. 이건 그 사이에 알게 된 사실이었다. 프리더는 그런 식으로 끝장내겠다는 생각을 혐오했다. "딸기 곤죽이 되잖아." 그가 말했다.

어디 아래로 뛰어내리는 것도 어려웠다. 여기엔 정말 높다고 할 만한 고층 건물이 없었다. 그리고 아래로 뛰어내리더라도 딸기 곤죽이 되는 건 마찬가지였다.

수면제는 어쩐지 진부하게 느껴졌다. 프리더는 그걸로 이미 시도한 적이 있었다. 또 수면제를 먹는다면 극적인 효과가 나타나지 않을 거다.

5교시 직전 쉬는 시간에 베라가 말했다. "그런데 지금 걔가 침대에 누워 죽어가고 있다면?"

"걔 그냥 땡땡이치는 거야. 왜 하필 오늘 자살하겠어?" 체칠리아가 말했다.

"걔 오늘 아침에 이상해 보였어. 누가 집에 가서 확인해야 해." 내가 말했다.

우리는 당연히 같이 갔다. 혼자 시체와 맞닥뜨리는 걸 좋아할 사람은 없었으니까.

저 멀리 벌써 구급차가 보였다. 차는 파란 비상등을 켜고 집 앞에 서 있었다. 베라와 체칠리아는 허둥대며 버스에서 내려 달려갔고 나는 그 뒤를 따라갔다.

프리더가 죽었다.

그의 부모님은 우리를 쫓아낼 거다.

나는 다시 집으로 들어가야 한다. 가족이 있는 곳으로 가야 한다.

엄마의 진상 남친이 있는 곳으로 가야 한다.

프리더가 죽었다.

우리가 제대로 돌보지 못했다.

집으로 들어간 우리는 계단을 한꺼번에 두 개씩 뛰어올라가 프리더의 방문을 열어젖혔다.

창턱에 작고 하얀 꽃이 핀 자그마한 오렌지나무가 놓여 있었다. 탁자에는 빈 유리잔이 있었고 그 옆엔 빈 수면제 갑이 놓여 있었다. 침대는 비어 있었다. 프리더는 방에 없었다. 우리는 창가로 갔다. 아래에서는 구급차가 여전히 파란 비상등을 깜박이며 서 있었다. 맞은편에서는 자이델 씨가 트랙터에 앉아 우리를 올려다보았다.

복도에서 저음의 목소리가 들렸다. 새빨간 재킷을 입은 남자 두 명이 부엌에서 나왔다. 한 명은 철가방을 들고 있었다. 구급상자였다. 두 사람의 표정이 심각했다.

"다리 높이 올리고 있어요. 그럼 곧 나아질 거예요!" 한 명이 큰 소리로 말했다.

"조만간 병원에 한번 가봐요. 혈압부터 전부 다 검사하세요." 다른 한 명이 말했다.

한 명이 멈춰서더니 몸을 돌리고 말했다. "마리화나 너무 많이 피우지 말아요. 좀 쉬세요."

부엌에 프리더가 서 있었다. 그는 투박한 신발 두 짝을 가슴에 대고 있었다. 안전화였다. 구두창이 위를 보고 있었다. 신발에는 빨간 바짓가랑이가 꽂혀 있었다. 부엌 바닥에 하리가 누워 있었고, 그 양옆에 터질 듯이 불룩한 프리더의 자전거 안장주머니가 놓여 있었다. 하리의 얼굴이 백짓장처럼 하얬다. 발트마이스터● 시럽을 조금 마신 후였다.

"피가 안 돌아?" 체칠리아가 물었다.

"집에 오니까 하리가 얼굴을 식탁에 묻고 쓰러져 있더라고." 프리더가 대답했다.

● 선갈퀴. 숲에서 자라는 야생초이며 잎은 약초나 향신료로 쓰인다. 강장과 진정 효능이 있다.

"너 왜 학교에 안 왔어?" 베라가 물었다.

"공중전화로 달려가서 응급 의사한테 전화했어." 프리더가 말했다.

"그럼 그전에는?" 체칠리아가 물었다.

"쇼핑하러 갔었어." 프리더가 대답했다.

"그렇게 오랫동안?" 내가 물었다.

"걸릴 뻔했어. 하마터면." 프리더가 말했다.

프리더는 이야기를 들려주며 낄낄 웃었다.

그는 망토 안에 이미 물건들을 가득 숨겨놓고 있었다. 그 순간 그는 자신이 감시당하고 있다는 걸 눈치챘다.

"하여간 느낌으론 그랬어. 확실하게 알게 되는 건 이미 늦은 뒤지. 그래서 다시 하나씩 진열대에 도로 갖다 놨어. 커피, 소시지, 포도주, 아티초크 두 병."

뒷걸음질 치며 훔쳤다고 했다. 그건 앞으로 걸으며 훔치는 것만큼이나 힘들다. 결국 그는 주머니에 아무것도 없이 서 있었다고 했다.

"그러고 나서 시내로 가서 모든 걸 다시 마련했지." 프리더가 말했다.

하리가 눈을 깜박였다.

"너는 하는 일 없어? 그렇지 않으면 왜 혼자 우리 집 부엌에서 죽치고 있는데?" 프리더가 물었다.

"직업 학교 다녀." 하리가 누운 채 말했다.

"아티초크?" 누군가가 물었다.

"피자를 만들 생각이었어. 아티초크 피자. 아티초크는 콜레스테롤과 동맥 경화를 막아줘. 간에도 좋아." 프리더가 말했다.

"곧 자살할 사람이 하는 말처럼 들리지 않는데." 베라가 말했다.

프리더는 자전거 안장주머니에서 물건을 꺼냈다. 커피 몇 봉지, 2리터짜리 이미글리코스 한 병, 봉지 포장된 살라미 소시지, 모차렐라 치즈, 아티초크가 나왔다.

마지막으로 프리더는 색깔이 알록달록한 덩어리 하나를 식탁에 올려놓았다.

"이게 그러니까 초콜릿 슈톨렌이야. 카우프호프 백화점 미식 코너에 갔었어. 무지무지 비싼 거야. 원래는."

프리더는 은박지에 싸인 슈톨렌을 우리에게 죽 돌려보게 했다. 빵 포장지 밑면에 아주 작은 글씨로 이렇게 적혀 있었다. '100퍼센트 원유 초콜릿에 프로세코-살구크림 송로버섯과 피스타치오 조각이 함유됨. 300그램.'

손으로 들어보니 꽤 묵직했다.

"너희들한테 할 말 있어." 프리더가 말했다.

그는 냉장고에 기대어 잠시 뜸을 들였다. 안 그래도 우리는 진작부터 그를 말없이 바라보던 차였다. 하리도 마찬가지였다. 하리는 여전히 타일 바닥에 누워 있었다.

화덕에 올려놓은 커다란 물주전자에서 웅웅 소리가 났다.

지금 프리더가 무슨 말을 하려는지 전혀 감이 잡히지 않았다. 어쩌면 다시는 자살 시도를 하지 않겠다고 마음먹었다는 얘기일 수도 있었다. 그게 아니면 오늘 안으로 자살하기로 결심했다는 말일지도 몰랐다. 그러니 그동안 우리가 집을 나가 있어 주면 좋겠다는 얘기이든가.

정말 모를 일이었다. 내가 프리더와 어느 정도나 가까운지 나 자신도 알지 못했다. 그 아이가 슬퍼 보일 때는 그냥 피곤해서 그런 것일 수 있었다. 만약 즐거워 보인다면 그건 벌써 뛰어내릴 준비를 한 것인지도 몰랐다.

언젠가 프리더가 이렇게 말한 적이 있었다. "계속 자살을 생각하던 사람이 갑자기 이유 없이 기분이 좋아지면 그건 결심이 섰다는 거야."

"이제부터 내가 공짜로 얻어오는 건 전부 우리 식비에 넣어서 계산할래." 프리더가 말했다.

공짜로 얻어온다는 말, 그건 '도둑질'을 뜻하는 프리더식 용어였다.

"휴우." 내가 안도의 한숨을 내뱉었다.

체칠리아는 커피와 포도주를 선반으로 옮겼다. 그녀가 냉장고 문으로 다가서려 하자 프리더가 한 걸음 옆으로 비켜섰다.

부엌 창문에 김이 서렸다. 누가 손가락으로 유리창에 하트를 그려놓았던 모양이다. 그 옆에는 '하리 +' 라고 적혀 있었다. 나머지 한 사람의 이름은 지워지고 없었다. 창문에 맺혔던 물이 하트 아래 꽁지 부분에 모여 가느다란 선을 이루며 수직으로 흘러내렸다. 끈이 달린 하트 모양의 풍선이 만들어졌다.

주전자에서 나는 소리가 점점 커졌다. 나는 주전자를 화덕 가장자리로 옮겨놓았다. 웅웅 소리가 작아졌다. 마지막에는 불에서 나지막하게 딱 하는 소리만 들렸다.

"넌 우리가 낼 수 있는 액수보다 훨씬 많이 훔쳐오잖아." 베라가 말했다.

"네가 가끔 쓸 만한 걸 훔쳐오면 우리는 아무 문제 없어." 프리더가 말했다.

"그래, 해볼게." 베라가 말했다.

프리더는 포크와 나이프가 든 서랍을 열었다. "커피 숟가락? 커피 숟가락 서로 다른 걸로 30개 어때?"

"은으로!" 베라가 말했다.

"쇠로 해." 내가 말했다.

"은!" 베라가 말했다.

"좋아. 스테인리스로." 내가 말했다.

베라가 냉장고를 열었다. "콘돔도! 매주 열 개들이 콘돔도!"

프리더는 홍당무가 되었다.

"야호." 하리가 중얼거렸다.

그 목소리를 들으니 하리의 상태는 여전히 좋지 않았다.

"어쩐지……. 이상하게 먹는 게 전혀 줄어들지 않는다 싶었어." 체칠리아가 말했다.

"난 못하겠어. 붙잡힐까 봐 너무 겁이 나. 난 못 해." 내가 말했다.

체칠리아가 고개를 끄덕였다.

"상점에서 나올 때 어떤 기분인지 알아? 전지전능한 느낌!" 프리더가 말했다.

"연습해야 해. 그럼 아주 쉬워." 베라가 말했다.

"제안 하나 하자. 베라와 내가 훔치는 법을 가르쳐줄게. 그리고 모든 걸 절반으로 계산하는 거야. 예를 들어 커피 한 봉지를 훔쳤어. 가게에서 사면 10마르크지. 이걸 5마르크로 계산해서 우리 식비에 넣는 거야." 프리더가 말했다.

"그러면 각자 개인적으로 쓸 돈이 더 많아져. 그리고 주거 공동체로서 우리에겐 없는 게 없어! 많이 훔칠수록 더 부자가 되는 거야. 개인으로도 그렇고 공동체로 봐도 그래!" 베라가 말했다.

사회 과목에서 배운 경제 이론이 생각났다. 만인을 위한 복지가 떠올랐다. 사회는 내가 아비투어에서 구술시험을 본 과목이었다. '회프너 군, 루트비히 에르하르트는 베라의 논리에 뭐라고 말했을까?'

"그리고 내가 일주일에 한 번 카우프호프 백화점 미식 코너에 갈게. 거기에서 공짜로 얻어오는 건 계산에 넣지 않을게. 그냥 공짜로 줄게." 프리더가 말했다.

프리더는 희한하게 생긴 초콜릿 슈톨렌에서 은박지를 뜯어내고 빵을 얇게 잘랐다. 밝은 오렌지색 내용물 안에서 초록색 점들이 요란하게 반짝였다. 나는 단 음식을 전혀 좋아하지 않았다. 그래도 조금 맛을 보았다. 치아로 딱딱한 초콜릿 가장자리를 베어물고 부드러운 안쪽 내용물을 입에 넣었다. 차갑고 시큼한 것이 말랑말랑한 꼬마곰 젤리 맛이 났다. 곧 달콤 쌉싸름한 초콜릿이 섞여들었다. 씹을 때 피스타치오 조각이 오도독 부서졌다. 갓 볶은 아몬드 맛이 났다.

내가 살면서 먹어본 것 중에 가장 맛있었다.

정말 최고로 맛있는 음식이었다.

프리더는 판지에 사인펜으로 '훈련 센터'라고 써서 부엌문 바깥쪽에 압핀으로 고정했다. 그는 창턱을 가리키며 말했다. "커피하고 포도주야."

"훔칠 물건이지." 베라가 거들었다. 그녀는 문 옆에 놓인 의자에 앉아 계산원 역할을 했다.

프리더는 망토 우비를 입었다. 서 있는 모습이 꼭 볼품없이 쳐놓은 2인용 텐트 같았다.

"우선 문제는 거울이야. 구석에 감시 거울이 있나? 벽에 편면 거울●이 있나? 이런 걸 봐둬야 해."

● 한쪽 면에서만 반대편이 보이는 거울.

그는 위를 올려다보고 고개를 좌우로 돌렸다.

"아무것도 없어. 다음 문제는 가게에 있는 감시 직원이야. 저기!"

프리더는 창가에 서 있는 하리를 가리켰다.

"쟤는 견습생처럼 생겼어. 너무 젊어. 감시 직원은 나이가 최소한 스물다섯 살이야. 사람에게 말을 걸 때 권위가 있어야 하거든. 그래서 진짜 성인이어야 해. 상대에게 불안감을 줄 줄도 알아야 해. 거기, 안전화 신은 사람!"

프리더는 다시 하리의 발을 가리켰다.

"저런 걸 신으면 달리지 못해. 감시 직원은 늘 편한 복장을 하고 있어. 스웨터나 재킷에 굽이 낮은 신발을 신어. 긴 외투를 입거나 부츠를 신고 있으면 그 사람은 감시 직원이 아니야. 자, 계산대에는 여자가 앉아 있어. 그런데 코를 후비고 있네."

베라는 손가락으로 코딱지를 튀겨 프리더에게 날렸다.

베라가 말했다. "넌 그 물건을 사려는 거야! 아주 자연스럽게 물건을 손에 쥐어! 넌 절대로 금지된 짓을 하려는 게 아니야."

프리더는 창턱에서 커피를 집어들었다.

베라가 또 말했다. "두리번거리지 마. 이 일은 세상에서 가장 평범한 일이야. 누구나 사고 싶은 물건을 진열대에서 꺼내잖아. 사람들은 다 이런 식으로 물건을 사. 그리고 계속 걷는 거야."

프리더는 몸을 돌려 그 자리에서 행진하듯 걸으며 말했다. "넌 도둑질을 하려는 게 아니야! 그냥 무심하게 행동해."

베라가 말했다. "이제 물건이 사라질 차례야. 재킷 속으로, 망토 안으로, 네가 들고 온 쇼핑백 안으로. 물건은 우연히 아무도 안 볼 때 넣어야 해."

프리더는 다시 내가 있는 쪽으로 몸을 돌렸다. 그의 두 팔이 보이지 않았다. 그는 망토 속에 입은 파카 안에 커피를 집어넣었다. 2인용 텐트가 불룩하게 튀어나와 흔들거렸다. 안에서 두 사람이 서로 치고받고 싸우는 모습이었다.

프리더는 나를 똑바로 보며 미소 지었다. "눈이 마주쳤어! 너는 절대로 나쁜 짓을 하지 않았어. 그런데 무엇 때문에 너를 붙잡겠어? 너는 커피 한 봉지를 진열대에서 집어 들여다보고 금방 다시 제자리에 놓았어. 커피가 너무 비싸거나, 너무 모카 향이 진하거나, 포장이 볼품없거나, 아무거나 괜찮아. 마음이 바뀐 거야. 네가 물건을 집어넣는 순간 누가 널 바라보면, 일단 그 사람을 똑바로 쳐다봐. 상냥하게 웃으면서! 네 미소가 모든 걸 안 보이게 만들 거야!" 프리더는 요구르트 하나를 냉장고에서 꺼내들고 베라에게 다가갔다.

"45페니히입니다." 베라가 말했다.

프리더는 게임용 동전을 베라의 손에 올려놓았다.

"거스름돈 5페니히입니다. 감사합니다. 또 오세요!"

프리더는 커피를 다시 창턱에 가져다 두었다. 그는 내게 몸을 돌리고 말했다. "이제 네가 해봐."

나는 하리를 바라보았다. 그는 여전히 창가에 서 있었다.

"너무 젊어." 내가 말했다.

하리는 틀림없이 여기로 들어와 우리와 같이 살고 싶어 할 거라는 생각이 들었다.

"안전화를 신었네. 그럼 감시 직원이 아니야." 내가 말했다.

그러나 아우어하우스에는 이제 남은 자리가 없었다. 하리는 나를 보며 어색하게 웃었다.

나는 커피를 재킷 속에 감췄다. 그리고 사고 싶은 물건을 찾아본 뒤 티백이 든 통을 집어들었다.

"80페니히입니다." 베라가 말했다.

"여기요."

프리더가 요구르트를 내려놓고 말했다. "손님, 실례합니다만?"

그는 숟가락으로 내 겨드랑이 밑의 불룩한 곳을 가리켰다.

"넌 딴 데 정신이 팔려 있었어. 넌 딴 데 정신이 팔려 있는 것처럼 보여야 돼. 하지만 실제로 딴 데 정신이 팔려 있으면 안 돼!"

프리더는 절도를 학문으로 승화시켰다. 말하자면 하찮은 상점 도둑에서 절도 교수로 올라선 것이다.

우리는 몇 번 더 연습했다. 그런 다음 초연에 들어갔다. 아주 쉬웠다.

내 손은 아직 재킷 속에, 재킷 주머니 속에 있었다. 냉장 식품 진열대에서 몸을 돌리는 순간, 판매원과 눈이 정면으로 마주쳤다. 판매원은 통로 끝에 서 있었다.

나는 될 수 있는 대로 무심하게 미소 지었다. 그러나 그 순간만큼 내가 정신을 바짝 차리고 집중했던 적은 없었다. 포장된 살라미 소시지가 재킷 주머니 속으로 미끄러져 들어갔다. 그러더니 벌어져 있던 안감을 통과해 재킷 안쪽으로 툭 하고 떨어져 들어갔다.

판매원 뒤에 프리더가 서 있었다. 비닐로 땜질하듯 단단히 포장된 에멘탈러 치즈 한 덩어리가 그의 망토 속으로 사라졌다.

나는 돈을 내고 뭔가를 사긴 샀다. 마즈 초코바나 껌이었을 거다.

"안녕히 계세요!"

'화살표를 찾아라. 출구를 찾아라.'

문이 보인다.

'PUSH. 미는 거다.'

밀었다.

나는 마을 광장에 서 있었다.

자동차들 사이로 크리스마스트리가 하늘로 솟아 있었다. 어두운 초록색이었다. 트리에는 아직 장식을 하지 않았다. 트리는 빗물에 반짝거렸다.

나는 될 수 있는 대로 천천히 달려 도망쳤다. 그리고 폴크스바겐 버스 뒤에서 멈춰섰다.

살라미 소시지를 더듬어보았다.

더 많이 공짜로 얻을 수 있었는데! 살라미 소시지를 더 많이 가져올 수 있었는데. 비싼 술도 한 병 챙길 수 있었는데. 아니면 아주 작은 거라도. 케이퍼 한 병이라도.

세상이 내게 열려 있었다. 훔칠 줄 안다는 것, 그건 자전거를 탈 줄 안다는 것과 같았다. 히치하이킹을 하는 것과 같았다. 공짜로 세상 끝까지 가는 것과 같았다. 그런데 대체 케이퍼는 어디에 쓰는 거지?

나는 프리더를 기다렸다. 그러다 폴크스바겐 버스 안을 조심스럽게 들여다보았다. 프리더는 슈퍼마켓에서 나오지 않았다. 나는 멀찌감치 떨어져서 마을 광장과 거기에 서 있는 차량들 주변을 빙 돌다가 다시 슈퍼마켓까지 가서 멈췄다.

짙은 녹색 경찰차 한 대가 문 바로 앞에 정차해 있었다. 보가츠키가 차에서 내렸다. 그는 "안녕하세요!"라고 말하고는 슈퍼마켓 안으로 사라졌다. 적어도 파란색 경광등(警光燈)은 켜져 있지 않았다.

프리더가 붙잡히는 순간 그가 무슨 생각을 했을지 궁금했다.

프리더는 벌써 언덕을 올라갔다. 그는 위에서 두 팔을 벌리고 섰다가 썰매에 엎드려 과일나무 사이를 지나 비탈길을 내달렸다. 두툼한 옷을 여러 벌 껴입고 머리에 털모자를 쓴 모습이 썰매 타는 거대한 곰 인형 같았다.

프리더가 썰매를 타고 내려가던 초등학생들 옆을 쌩하고 지나가자 아이들이 기우뚱거렸다.

얼마 후 우리는 눈 위에 나란히 누웠다. 두 다리는 나무줄기에 비스듬히 걸쳐놓았다. 검은 나뭇가지 위쪽 하늘에서 비행운 두 개가 서로 엇갈려 지나갔다. 구름은 서서히 옆으로 퍼지다가 가장자리가 옅어졌다.

곁눈으로 보니 프리더가 나를 바라보고 있었다.

"왜?" 내가 물었다.

제트기가 쉿 하고 날아갔다. 이어 폭음이 들리면서 나무가 떨렸다. 그 진동이 다리로 전해졌다. 눈이 소록소록 우리 몸 위로 내려앉았다.

"우리 부모님이 알면 우리를 쫓아낼 거야. 그분들한테는 도둑질이 자살보다 더 나쁘거든." 프리더가 말했다.

그가 이 말을 너무 태연하게 하는 게 화가 났다. 자기는 쫓겨나도 전혀 상관없다는 투였다. 왜냐하면 자기에겐 대안이 있으니까. 그것도 두 개씩이나. 자살하든가 아니면 정신병원으로 돌아가든가.

정말 화가 났다.

제트기 한 대가 또 날아갔다. 요란한 소리가 들렸다.

프리더는 왜 도둑질을 그리 쉽게 하는 걸까? 그는 붙잡힐지도 모른다는 두려움이 전혀 없었다. 얼마 전 붙잡히고 난 후에도 그는 계속 다른 가게에 들어가 물건을 훔쳤다.

그가 아무것도 겁내지 않은 건 이 세상에 존재하는 가장 큰 두려움과 싸워 이긴 적이 있었기 때문이다.

내가 물었다. "네가 만약 목숨이 위험해진다면, 아주 갑자기 얼음이 꺼져 물에 빠지거나 그런 상황이 된다면 말이야. 그러면 내가 구해주는 게 좋겠어? 만일 구해주면 화낼 거니?"

프리더는 곰곰 생각에 잠겼다.

꽤 시간이 흐른 후 그가 말했다. "걱정 말고 구해줘. 죽는 방법은 내가 직접 찾아볼 테니까."

"네가 없으면 이곳이 어떻게 돌아갈지 넌 상상해봤잖아." 내가 말했다.

"그런 걸 궁금해하는 사람은 그런 짓을 하지 않아. 그런 사람은 자기가 중요하다고 생각하거든." 프리더가 말했다.

"하지만 넌 장례식도 상상해봤잖아."

프리더는 킥킥 웃었다. "그 당황스러워하는 얼굴들. 멍청한 호프만의 모습도 상상했지."

교차했던 비행운이 사라졌다. 그 대신 다른 구름이 나타났다. 줄이 무척 가늘었다.

"무슨 관으로 하고 싶어?" 내가 물었다.

"아무거나 괜찮아. 하지만 중요한 게 있어. 사람들이 빙 둘러 서 있을 때 관을 아직 닫지 말아야 해. 그래야 당황스러워하는 얼굴들을 볼 수 있으니까."

"관에 누워 있으면 눈은 이미 감겼어. 넌 이미 죽은 거야. 그러니까 죽든가 아니면 당황스러워하는 얼굴들을 보든가 둘 중 하나야. 둘 다 할 수는 없어." 내가 말했다.

"어쨌든 거실 붙박이장 같은 거나 독일 참나무나 그런 건 싫어.

이슬람교도들은 시신을 자루에 넣고 꿰매. 난 그게 좋아 보여. 만두처럼 말이야. 티베트에서는 독수리가 뜯어먹도록 죽은 사람을 산에 가져다 놔. 그건 별로 좋아 보이지 않아." 프리더가 말했다.

그리고 내게 물었다. "넌 어떤 식으로 자살하고 싶어?"

"술과 동사. 영하 20도라는 일기 예보가 나왔을 때 밤에 보드카 한 병 들고 들판에 가서. 아니면 두 병도 좋고." 내가 대답했다.

"일기 예보 맞춤형 자살이네. 그런 건 성공하지 못해." 프리더가 말했다.

"그런데 그때 기분이 어땠어? 그러니까 수면제를 삼키는 순간에." 내가 물었다.

프리더는 아무 말도 하지 않았다. 생각을 더듬고 있었을 거다.

하리가 썰매장에서 우리 쪽으로 왔다. 그는 앞뒤로 연결된 썰매 두 대를 끌고 있었다. 한 대에는 체칠리아가, 나머지 한 대에는 베라가 타고 있었다.

"우리는 집에 가서 쿠키 구울 거야." 베라가 말했다.

"너희들도 같이 갈래?" 하리가 물었다.

부엌은 따뜻했다.

하리가 밀가루를 반죽했다.

프리더는 반죽 밀대를 찾아보았다.

베라는 커피를 따랐다.

프리더는 밀대는 못 찾고 겨우 빈 포도주병을 가져왔다.

"그거로도 돼." 하리가 말했다.

체칠리아는 오렌지 껍질을 오븐에 넣었다.

나는 눈을 감았다. 오븐에서 따스한 온기가 흘러나와 내가 있
는 쪽까지 전해졌다. 그 온기에서 진한 과일 향내가 났다. 아이들
말소리가 뒤섞여 웅성웅성거렸다.

냄새.

목소리.

온기.

아이들이 나를 유심히 바라보았다.

나는 눈을 감았다. 아주 또렷이 보였다. 부엌문이 열리고 도리
스 데이가 초록색 정장을 입고 서 있는 모습이.

"여러분, 멋지고 아름다운 밤이에요!" 그녀는 달콤한 목소리
로 말하고는 속이 빵빵한 종이 봉지를 냉장고 옆에 내려놓았다.

그녀가 웃었다. 생기가 넘쳤다. 그녀는 하리의 손에 있던 빈 포
도주병을 받아들고 쿠키 반죽을 밀기 시작했다. 그러면서 낮은
소리로 노래를 불렀다. "Whatever will be, will be."●

그녀의 색깔이 벌써 살짝 희미해졌다.

● 미국 가수 도리스 데이가 부른 노래 「케 세라 세라(Que Sera, Sera)」의 가사
일부.

105

"뭐 좀 더 먹을래?" 내가 물었다.

"이제 자러 갈래." 프리더가 말했다.

부엌은 벌써 상당히 싸늘해졌다.

"여기 이 반죽 밀대, 이건 다 마셔버리자." 프리더가 말했다.

그는 이미글리코스 한 잔을 따랐다.

나는 대접에서 쿠키를 하나 더 집었다. 설탕을 입혀 구운 것도 있고 초콜릿을 뿌린 것도 있었다.

"끝내주게 맛있어." 내가 말했다.

나는 하나를 더 먹었다.

"게다가 만들기도 아주 쉬워." 내가 말했다.

프리더가 나를 흘깃 쳐다보았다.

"왜?" 내가 물었다.

"그때 기분이 어땠냐고?" 프리더가 물었다.

"응."

"수면제를 삼키는 순간, 난 뭐랄까 정신이 말짱했어. 모든 게 좋았어. 난 완전히 제정신이었어. 내가 늘 그런 느낌이었다면 절대로 수면제를 먹지 않았을 거야. 하지만 그걸 느껴보기 위해 약을 먹을 수밖에 없었어."

"하지만 곧 모든 게 끝난다는 걸 넌 알잖아." 내가 말했다.

"사실 그걸 삼키는 순간 모든 건 벌써 끝이야. 다 포기하는 거지. 아비투어도 볼 수 없어. 어디로 떠나지도 못해. 여자랑 자는 게 어떤 건지도 영원히 알지 못해. 모든 게 상관없는 일이 돼버려. 완전히 자기 자신에게 가는 거야." 프리더가 말했다.

나는 물어볼 용기가 나지 않았다. 그러나 곧 내 입이 저절로 물었다. "그런데, 여자랑 자는 게 어떤 거야?"

"그걸 내가 어떻게 알아? 여자 친구가 있는 사람은 넌데." 프리더가 말했다.

"너 파울리네랑 안 잤어?" 내가 물었다.

프리더는 낄낄거리더니 대답했다. "응. 안 잤어. 너무 예뻐서."

"뭐?"

"야 인마, 걔는 너무 완벽해. 그래서 걔를 생각할 때는 딸딸이도 칠 수 없어!"

107

파울리네는 정말 얼굴이 대칭에 가까웠다. 가운데 가르마에다 치아도 아주 가지런했다. 그녀가 완벽하게 생겼다는 프리더의 말이 맞다. 그러나 난 프리더가 여기에서 무슨 그런 식의 결론을 이끌어내는지 이해할 수 없었다. 여자애는 이미 닳았거나 몇 군데 흠이 있어야 비로소 흥미를 끄는 동전이 아니다. 여자애들은 살면서 자기가 경험한 걸 실제로 들려줄 수 있다. 즉, 말로 얘기할 수 있다. 그러니 그 경험들을 곁에서 보고 읽어낼 필요가 없다.

모르겠다.

"파울리네는 표준어까지 써!" 프리더가 말했다.

"하지만 걔는 미쳤어. 정말로 미쳤다고. 무슨 이상한 소리가 들린다는 둥 온통 헛소리뿐이야. 그 정도면 충분하지 않아?" 내가 물었다.

"그건 겉으로 봐서는 모르잖아. 그리고 걔는 무슨 소리가 들린다는 둥 그런 얘기는 안 해."

"그러니까 여자는 겉에서 확실하게 보이는 흠이 있어야 나무랄 데가 없다는 얘기야?"

"하나나 여러 개쯤 흠이 있어야지. 여러 개 있을수록 좋아. 난 흠이 있어야 섹시하게 보여." 프리더가 말했다.

"정신병원에서는 어떻게 피임해?" 내가 물었다.

"파울리네가 그러는데, 여자들은 주사를 맞는대. 몇 주에 한 번씩." 프리더가 대답했다.

잔을 입으로 가져갔는데, 술이 없었다. 나는 고개를 뒤로 젖혀 숨을 크게 쉬고 남은 한 방울을 빨아들였다. 그리고 한 잔 더 따랐다.

나는 내가 속마음을 너무 드러내지 않는 건 아닐까 하는 생각이 들었다.

"너한테 얘기할 게 있어." 내가 말했다.

프리더는 이미 자기 이야기를 많이 했다. 그러니 나도 뭔가를 털어놓는 게 옳았다.

프리더가 말했다. "너도 네가 게이라는 걸 알았고, 나한테 반했다는 거?"

"헛소리 그만해." 내가 말했다.

나는 한 모금 들이켰다. 설탕을 뿌린 쿠키를 먹고 나서 금방 포도주를 마시면 하나도 달지 않았다.

"지금 말하기에는 적당하지 않아. 아니, 사실은 적당해. 왠지는 몰라도." 내가 말했다.

"그렇군."

"난 아직 한 번도."

프리더는 내가 무슨 말을 한 건지 금세 알아채지 못했다.

"운율이 맞네." 프리더가 말했다.

"뭐?" 내가 물었다.

"왠지는 몰라도. 난 아직 한 번도. 운율이 맞잖아." 프리더가 말했다.

그러더니 갑자기 큰 소리로 말했다. "하지만 너희는 사귄 지 벌써 몇 달이나 됐잖아!"

"걔는 아직 그럴 마음이 없어. 나도 아직 확신이 없고." 내가 말했다.

"하지만 걔는 계속 다른 녀석들이랑 놀잖아!"

"그건 다른 문제야. 걔는 나랑 사귀고 있어! 걔는 사랑은 나눈다고 줄어드는 케이크가 아니랬어." 내가 말했다.

"맞는 말 했네."

"응."

"뭐 좀 더 꺼낼까?" 프리더가 물었다.

"이제 잘래. 반죽 밀대도 모두 비웠어." 내가 말했다.

어느새 부엌이 아주 추워졌다.

한동안 각자 멍하니 앞을 응시했다. 나는 프리더에게 아비투어를 끝내고 무엇을 할 건지 아직 물어보지 않았다. 나는 내가 아비투어에 합격할지 못할지 확신할 수 없었다. 그러나 프리더는 이미 붙은 거나 다름없었다. 그것도 반 년 전에.

"모르겠어. 자전거 수리공이나 할까?" 프리더가 말했다.

"뭘 그렇게 봐?" 프리더가 물었다.

나는 킥킥 터지는 웃음을 참을 수 없었다.

"뭐가 그렇게 우스워?"

하지만 이내 프리더까지 킥킥거렸다. 나는 더 요란하게 킥킥대고 웃었다. 곧 우리 둘 다 눈물이 얼굴을 타고 흘러내렸다.

자전거 수리공, 그건 말하자면 거리 청소부만큼이나 어려운 거였다. 그런 거라면 프리더는 직업 중등학교 졸업장조차 필요 없었다. 자전거 수리공이라니. 아비투어를 앞두고 정신병원에 들어갔던 아이, 학교 공부에 몰두하기는커녕 뭔지 몰라도 다른 일에 정신을 팔면서도 일 점 몇의 평점으로● 아비투어에 붙은 아이, 문제없이 수학 교수나 핵물리학자나 뭐 그런 사람이 될 수도 있을 아이에게 자전거 수리공은 가장 황당무계한 직업이었다.

한데 바로 이 순간 그게 지극히 자연스러워 보였다.

말하자면 이 생각이 우리를 떠났다가 지구를 한 바퀴 돌고 돌아온 듯했다. 우리는 이미 오래전에 잊고 있었는데, 그 생각이 지금 이 순간, 오늘 밤 여기 이 부엌에서 정말 느닷없이 뒤에서 우리 어깨를 툭 쳤다.

우리는 소름이 끼칠 정도로 놀랐다.

그리고 이내 마음이 가벼워져 미친 사람처럼 웃어댔다.

자전거 수리공, 그건 지극히 당연하고 100퍼센트 옳은 거라고 생각했다. 그 때문에 프리더와 나, 우리 둘은 바로 이 순간 우리

● 아비투어 평가 방식은 주마다 다르지만, 대개 시험 본 과목의 점수를 합산하여 총점을 내고, 총점을 다시 6등급으로 나누어 평점을 매긴다. 평점 1점이 최고점, 6점이 최하점이다.

에게 인생의 의미가 계시되었다는 느낌을 받았다.

졸지에 인생의 의미가 분명해졌다면 그건 세상 최고의 지혜였다.

우리는 숨을 헐떡거리고 웃으며 서로 바라보다가 곧 소리를 낮춰 웃었다. 발작성 웃음이 잦아드는가 싶더니 갑자기 프리더가 다시 품 하고 웃음을 터뜨리며 나까지 끌어들였다.

우리는 의자에 잔뜩 웅크리고 앉아 두 손을 배꼽에 갖다 댔다. 벌써 배가 아팠다.

다시 숨을 쉴 수 있게 되자 프리더가 말했다. "자전거 수리공. 그건 하느님도 가장 먼저 배운 거잖아. 재수해서 아비투어를 보기 전에. 안 그래?"

나는 밤중에 자다가 깼다.

이 집은 창문 바깥쪽에 목재 덧문이 달려 있었다. 겨울 저녁에 닫아두면 방 안 온기가 잘 식지 않았다.

하지만 그 때문에 방은 칠흑같이 어두웠다. 덧문의 바람구멍을 통해서만 가로등 불빛이나 달빛이 조금 들어왔다. 덧문마다 중간에 안을 들여다볼 수 있는 밝은 구멍이 두 개씩 나 있었다.

나는 발을 질질 끌며 화장실에 갔다. 부엌에 불이 켜져 있었다. 프리더가 식탁에 앉아 있었다. 누가 옆에 와서 앉아주기를 기다리는 것 같았다. 그는 털모자에 파카 차림이었다.

움직이는 건 그의 아래팔뿐이었다. 무슨 건널목 차단기 같았다. 팔이 올라갔다가 내려갔다. 입으로 갔다가 재떨이로 갔다. 다시 입으로 갔다가 재떨이로 갔다.

나는 또 심각한 대화를 나누고 싶지는 않았다. 그런 대화는 제자리에서 맴돌기만 한다고 전에 프리더에게 말한 적이 있었다. 그런데 프리더는 그건 제자리가 아니라 나선을 도는 거라고, 그래서 중심에 점점 가까워지는 거라고 했다.

프리더는 담배 든 손을 내려뜨리고 큰 소리로 말했다. "여하튼 내가 또 일을 저질러도 그건 네 잘못이 아니야."

프리더는 농부였다. 나도 농부였다. 프리더는 집에서 농사일을
했고 나는 양계장에서 일했다. 그는 가족을 공짜로 도와주었고
나는 누군가에게서 돈을 받았다.

프리더는 거의 매일 저녁 축사에서 일했다. 일이 끝나면 부모
님이 사는 집에서 샤워를 했다. 축사 냄새를 피부와 머리카락에
서 씻어냈다. 그런 다음 자전거를 타고 집에, 다시 말해 아우어
하우스에 왔다.

나는 자전거를 외양간에서 밀고 나왔다. 날씨가 상당히 추웠
다. 영하 10도쯤 되었을 거다. 프리더는 자전거를 타고 왔다. 모
자는 쓰지 않았다.

"안녕하세요. 저는 지금 막 봉건 사회에서 오는 길입니다. 당신은 벌써 산업 사회로 가고 있나요?" 프리더가 말했다.

그는 입을 다문 채 킥킥거렸다. 어깨는 들썩였고 머리에서는 얼어버린 곱슬머리가 흔들렸다. 수많은 작은 종들이 달그락달그락 소리를 냈다.

나는 자전거를 타고 일하러 갔다.

12월 24일에 나는 집에 있었다. 우리 가족이 사는 집에 있었다는 뜻이다. 내게 집은 원래 아우어하우스였다. 이건 아우어하우스를 자기 집이라고 여기는 사람만 이해할 수 있었다. 그래서 아우어하우스가 자기 집이 아닌 사람과 얘기할 때 '집'은 언제나 '가족'을 의미했다. 그러나 아우어하우스가 자기 집인 사람과 대화할 때 '집'은 늘 아우어하우스를 의미했다.

아무러면 어떤가.

내 방으로 들어갔더니 여동생이 침대에 누워 내 휴대용 텔레비전을 보고 있었다. 난 내 방이 이제 여동생 방이 됐다는 걸 미처 알지 못했다. 그간 두 여동생은 늘 한 방을 써왔다. 내가 집에서 나올 때까지는. 지금 여동생들은 각자 방이 따로 생겼다. 엄마의

116

진상 남친을 멍청하다고 여길 만큼 나이가 찬 여동생이 내 텔레비전을 물려받았다. 빌어먹을. 지금 동생이 혼자 제 침대에 누워 텔레비전을 시청하는 걸 보니 기운이 쭉 빠졌다.

세 시가 지나자마자 엄마가 일을 끝내고 돌아왔다. 성탄절 전날은 1년 중 가장 끔찍한 근무일이었다. 이날이 되면 엄마는 새벽 다섯 시에 일어났다. 여섯 시엔 슈퍼마켓에 나가 상품을 채워넣고 주문을 처리했다. 일곱 시가 되면 슈퍼마켓이 손님들로 넘쳐났다. 엄마는 진열대 사이를 정신없이 뛰어다니고, 치즈 판매대 안쪽에 서 있거나 계산대에 앉아 일했다. 두 시가 될 때까지 쉬지도 못했다.

엄마가 부엌 식탁에 와서 앉았다.

"그래, 다시 집에 왔구나?"

그러곤 엄마의 두 눈이 스르르 감겼다.

한참 있다가 나는 감자 껍질을 벗겼다. 동생들은 양파를 썰었다. 소시지를 넣은 감자샐러드를 만들었다.

저녁 여섯 시는 선물을 나누는 시간이었다. 엄마에게는 다리에 바르는 제법 비싼 크림을, 엄마 남친에게는 모나리자를 그릴 수 있는 '숫자 따라 그리기'라는 그림 그리기 책을 선물했다. 여동생들한테는 워크맨을 하나씩 주었고 카세트테이프도 선물했다.

큰 여동생에게 준 건 10대들이 듣는 최신 유행곡이었고, 작은 여동생에게 준 건 오디오북이었다. 이젠 내가 동생에게 책을 읽어줄 수 없었으니까.

나는 생활비 조달을 위해 새로 습득한 기술을 단시일내에 확장했다. 장비도 개선했다. 안주머니 속의 안감이 벌어져 있던 기존 재킷 외에 이중 바닥으로 된 쇼핑 가방도 마련했다.

"넌 대체 돈이 어디서 났니?" 엄마가 물었다.

그 순간 다행히 엄마 남친이 이야기에 끼어든 덕분에 엄마는 내게 했던 질문을 잊어버렸다.

선물 주는 시간이 끝난 후 나는 다시 집에서 나와야 했다. 시내에서 노인과 노숙자를 위한 성탄 무료 급식 행사가 열릴 예정이었다. 나는 그 일을 돕겠다고 신청해놓은 터였다. 음식을 나누어주고 함께 대화를 하는 행사였다.

나는 집에서, 그러니까 아우어하우스가 아니라 가족이 있는 집에서 나와 살고 있었지만, 성탄 전야에 가족과 싸울 때까지 집에 있지 않으려면 뭔가 구실이 필요했다. 선행은 최고의 핑곗거리였다. 성탄절의 자원봉사는 아마도 집에 있는 게 견디기 힘든 사람들이 하는 것일지도 몰랐다. 시내까지 히치하이킹으로 가려 했지만 성공할 가능성이 없었다. 성탄 전야에는 거리에 사람이 다니지 않았다. 다닌다고 해도 차를 세우지 않고 그냥 지나쳤다. 아기 예수를 배 속에 품고 있는 사람이 바로 나라는 걸 그 얼간이

들은 알 턱이 없었다. 나는 도로변 배수로를 따라 몇 킬로미터를 걸었다. 바닥이 얼어 있었다. 얼어버린 깊은 웅덩이를 못 보고 걷다가 얼음에 빠지는 모습을 상상했다.

나는 배수로에 자빠진다. 일어날 수가 없다. 정강이뼈가 딱 부러지고 종아리는 아주 이상하게 직각으로 튀어나왔다. 견딜 수 없는 통증이 느껴진다. 나는 미친 듯이 울부짖는다. 그러나 듣는 이가 없다. 기력이 다 빠진다. 자동차 소리가 들리기만 하면 나는 소리를 지른다. 전조등 불빛이 배수로 위를 스쳤지만 나까지 비추지는 못한다. 나는 곧 의식을 잃는다. 그리고 얼어죽는다. 다른 사람들은 크리스마스트리 아래에서 사랑하는 사람들과 둘러앉아 몸을 녹이는 동안, 한 젊은 청년은 성탄 전야에 혼자 길거리 배수로에서 얼어죽는다. 청년은 가난한 이들을 돕기 위해 시내로 가려 했으나 아무도 그를 태워주려 하지 않았다. 세상에서 가장 잘 사는 나라 중의 한 곳에서. 지역 신문 1면에 어떤 기사가 나올지 뻔하다. 모르긴 몰라도 사진까지 실리겠지.

여하튼 나는 아주 늦게 마을 회관에 도착했다. 식탁은 이미 세팅이 끝난 뒤였다. 하얀 식탁보 위에 접시와 포크와 나이프와 유리잔이 놓였는데, 모든 게 일류 레스토랑처럼 배열되어 있었다.

나는 주스병과 물병이 놓인 이동 식기대를 밀고 다니며 음료를 따랐다.

어떤 식탁에는 나이 든 여자들만 앉아 있었는데 대부분 머리에 스카프를 두르고 있었다. 맨 가장자리에 놓인 한 식탁에는 보행자 전용 구역에서 온 부랑자들이 빙 둘러앉아 있었다.

나는 붉은 양배추가 담긴 대접을 식탁에 올려놓았다. 그리고 거위 고기를 칼로 잘라 나누려고 했다.

얼굴에 주름이 무지막지하게 깊게 파인 아주 나이 많은 우아한 여성이 공손한 표정으로 미소를 지었다. 입고 있는 정장의 옷깃이 다 닳아 해진 상태였는데, 2미터 떨어진 곳에서도 보였다. "젊은이, 전에 이런 걸 해본 적 있어요?" 그녀가 상냥하게 물었다.

나는 가위를 고기에 갖다 댔다. 한쪽 날을 조심스럽게 거위 엉덩이 속으로 밀어넣었다. 아주 간단했다.

그 순간 여성이 큰 소리로 외쳤다. "잠깐!"

모든 걸 뚫어버리는 저음의 목소리였다. 그녀는 나이프를 쥐더니 몇 번 안 되는 칼질로 거위를 뒷다리와 날개와 가슴살로 해체했다.

나는 통거위고기를 새로 하나 가져왔다.

"이것도 잘라주시겠어요?" 내가 그 여성에게 물었다.

나는 작게 잘라진 거위고기를 부랑자 식탁으로 가져갔다.

단정하게 빗질했으나 기름때가 흘러 머리카락이 착 달라붙은 한 남자가 나를 아는 듯이 고개를 까딱여 인사했다.

"이젠 고등학생들이 음식 시중을 드네. 좋아, 내가 봐준다!"

부랑자가 쉰 목소리로 화난 듯이 말했다.

나는 누가 나를 고등학생이라고 부르는 걸 증오했다. 그 말을 들으니 엄마의 진상 남친이 떠올랐다. 그건 박사님이나 시장님 같은 칭호처럼 들리지만 호의가 섞인 말은 아니었다. 나는 심호흡을 하고 불쾌함을 꾹 누르려고 애썼다.

"넌 늘 콘크리트 바닥에 앉아 있더라. 거기 아우슈비츠 약국 옆에서 말이야." 부랑자가 말했다.

말하는 게 두서가 없이 뒤죽박죽이었다.

부랑자는 내가 무슨 말인지 이해하지 못했다는 걸 알아챘다.

그는 자신의 말을 내가 알아들어야 한다는 투로 말했다. "보행자 전용 구역에 시청 약국이 있어. 그게 아우슈비츠에 있던 약사 거야. 아니, 약사 거였어. 얼마 전에 죽었으니까. 그 사람은 전쟁이 끝나고 이곳으로 옮겨왔어. 그리고 약국을 샀지. 순금으로 지불했어. 치과용 금으로. 그렇게 해서 살아갈 수 있다고 생각했어. 오판한 거지."

모든 게 외워서 읊은 것이거나 지어낸 이야기처럼 들렸다. 나는 만일 그의 말이 사실이라면 내가 벌써 그 얘기를 듣고도 남았을 거라고 확신했다.

"그 때문에 그 사람은 5년을 감옥에 있었어. 석방되던 당일에는 성탄절 음악회를 보려고 시내에 있는 교회에 갔어. 그랬더니 사람들이 일어나 박수를 쳤어." 부랑자가 말했다.

식탁에 앉은 젊은 여자가 열심히 듣고 있었는데 부랑자보다는 나를 더 많이 쳐다보았다. 홀에 있는 사람 중에서 유일하게 젊은 여자였던 터라 진작부터 내 눈에 들어왔다. 그런데 대머리였다.

눈과 속눈썹이 낯이 익었다. 입도 어디서 본 듯했다.

"파울리네?" 내가 불렀다.

그녀는 눈썹을 치켜 올렸다. 거기에도 털이 없었다. 그냥 검은 선만 그려놓았다.

"너 머리카락 어떻게 된 거야?"

"불에 탔어."

파울리네는 대머리가 된 모습이 전보다 더 아름다워 보였다. 대칭도 더 완벽에 가까웠다. 동그래진 머리는 기막히게 부드러운 피부가 감싸고 있었다. 덕분에 미치도록 아름다운 두 눈이 훨씬 잘 보였다. 귀는 또 어떤가. 귓불 모양이 완벽했다. '연골' 혹은 '연골 조직'이라는 징그러운 말이 떠올랐지만 곧 머릿속에서 밀어냈다. 그 귀는 예전엔 볼 수 없던 귀였다.

심장이 두근거리며 부비강까지 고동쳤다. 피가 온몸을 돌며 내는 숙숙 소리가 파울리네에게 들릴까 봐 불안했다.

"넌 다른 것보다 너 자신을 망가뜨리기 좋아하나 봐?" 내가 물었다.

"멍청하지?" 파울리네가 말했다.

그녀는 성탄절 직전에 정신병원에서 퇴원했다. 그러나 그새 성년이 되었기 때문에 청소년 회관으로는 돌아갈 수 없었다. 지금은 임시 보호소에서 지내는 중이었다. 나는 임시 보호소가 무얼 하는 곳인지 몰랐다. 임시가 끝나면 어디로 간단 말인가?

곧 한 수녀가 마이크에 대고 말했다. 그녀는 불쌍한 돼지들을 환영한다고 했지만 호칭은 다르게 했다. 수녀는 주기도문을 외웠다. 참석자들 대부분이 함께 기도했다. 부랑자 식탁에 있는 사람들까지.

나는 마음속으로 단어를 하나씩 따라하며 같이 기도했다. 그러나 입을 벌리지는 않았다. '거짓말하면 안 되니까.'

후식으로 퓌르스트 퓌클러 아이스크림●이 나왔다. 곧 선물을 나눠주는 시간이 되었다. 파란색 체크무늬 봉지는 남자들 선물이었고, 빨간색 체크무늬 봉지는 여자들 선물이었다.

파울리네는 봉지 내용물을 식탁에 쏟았다. 초콜릿으로 만든 산타클로스, 귤 세 개, 작은 봉지에 든 커피, 샴푸가 든 플라스틱 병이 나왔다. 파울리네와 나는 킥킥 웃었다.

"프리더는 뭐 해?" 파울리네가 물었다.

"부모님 집에 있어. 다른 애들도 다. 아니 거의 모두가 그래. 나

● '나폴리 아이스크림'의 독일 이름. '퓌르스트(Fürst)'는 '황후, 군주, 국왕'이라는 뜻이다.

중에 아우어하우스에서 만날 거야."

"아우어하우스?"

"아우어한● 같은 거야. 아우어하우스에서 늘 매드니스의 노래
가 나오거든."

"유치한 농담 하지 마."

"우리가 지은 이름이 아니야. 마을 사람들이 우리 집을 그렇게
불러. 그 사람들은 영어를 못하거든."

처음에 우리는 히치하이킹을 하려 했지만 그냥 걸어서 갔다.
마을 광장에서 크리스마스트리가 반짝였다. 눈이 오기 시작했다.

베라와 체칠리아는 벌써 집에 와 있었다. 베라는 막 부엌 창
문 밖으로 몸을 내미는 중이었고 체칠리아는 식탁에 앉아 있었
다. 체칠리아 앞에는 차가 담긴 주전자와 빈 차지키 대접이 놓여
있었다.

우리는 몇 주 전부터 차지키를 먹었다. 그건 나 때문이었다. 나
는 저녁을 먹을 때 함께 먹으려고 프리더가 알려준 요리법대로
차지키를 만들었다. 프리더가 집에 돌아와 물었다. "거기에 마늘
을 얼마나 넣었어?"

● 아우어한(Auerhahn)은 '뇌조의 수컷'이라는 뜻이다. '아우어하우스'와 발음이
비슷한 말로 말장난을 한 것이다.

"다섯 통. 네가 그랬잖아." 내가 대답했다.

"쪽! 다섯 쪽이야!" 프리더가 소리쳤다.

"그거나 이거나." 내가 말했다.

"그래. 발가락이나 발이나 다리나 모두 똑같겠지. 세상에, 넌 마늘을 정량보다 열 배나 많이 넣었어!" 프리더가 말했다.

나는 요구르트 몇 리터를 사오고 샐러드용 오이 다섯 개를 강판에 간 뒤 커다란 에나멜 대접에 재료를 모두 쏟아부었다. 에나멜 대접은 프리더의 할아버지가 항상 새로 도축한 돼지의 내장을 받아내던 그릇이었다.

우리는 차지키를 비닐봉지에 넣어 얼렸다.

여하튼 베라가 창문 밖으로 몸을 굽혀 얼음이 된 새 차지키 봉지를 끌어당겼다. 그녀는 봉지에 묻은 눈을 닦고 봉지를 열어 차지키 덩어리를 대접에 담았다.

"파울리네, 메리 크리스마스! 넌 머리가 왜 그래?" 베라가 물었다.

베라는 오늘 목욕을 할 생각이었다. 물주전자에서 나오는 김이 창문에 서렸다. 물방울이 유리창을 타고 내려오다가 창턱에 있는 행주로 흘러들어갔다.

베라는 러닝셔츠만 입고 있었다. 겨드랑이께에서 들여다보면 그녀의 가슴이 시작되는 곳이 보였다. 베라는 자기 가슴이 작다고 늘 불평했지만 내가 볼 때는 아무 문제 없었다. 하지만 내가 여자애들의 진짜 가슴을 거의 본 적이 없어서 베라의 가슴을 다른 누군가와 비교하지 못해 문제가 없다고 느낀 건지는 확신할 수 없었다. 하여간 파울리네와 체칠리아의 가슴도 베라보다 크지 않았다.

그게 무슨 상관인가.

세숫물이나 목욕물이 필요하면 우리는 부엌 화덕에서 물을 끓였다. 부엌 화덕은 우리 집에서 작동하는 유일한 난로였다. 지금은 겨울이라 화덕에 늘 30리터 정도의 뜨거운 물이 담긴 커다란 통을 올려놓았다.

훗날 아우어하우스 시절을 생각할 때마다 이 광경이 눈에 선했다. 김이 가득 서린 부엌과 창문에서 흘러내리던 물방울이.

녹음기에서 돌아가는 믹스테이프에서 달각달각 소리가 났다.

"너희들 지금 바깥에서 동상에라도 걸려 들어온 것처럼 앉아 있어." 파울리네가 말했다.

"나는 부모님 집에 갔다가 뇌가 얼었어." 베라가 말했다.

"나는 심장이." 체칠리아가 조용히 말했다.

역시 체칠리아다웠다.

"뭐?" 파울리네가 물었다.

"심장이래! 쟤는 심장이 얼었대!" 베라가 말했다.

밖에서 교회 종소리가 울렸다.

파울리네가 장작 한 도막을 불에 넣었다. 그녀는 계속 쭈그리고 앉아 문이 열린 화덕 안을 들여다보았다.

"불은 모든 걸 건강하게 만들어. 뭔가 타고 있으면 망친 그림 위에 불이 다른 것을 덧그리는 느낌이야. 너무 아름다워." 파울리네가 말했다.

나는 음악 소리를 키웠다. 그 순간 불이 나갔다. 음악도 나갔다.

난 엄청난 두려움에 휩싸였다. "내가 그랬지. 이게 아주 망할 놈의 고물 녹음기라고! 코앞에서 폭발하지 않은 걸 다행으로 여겨야 해!"

칠흑같이 어두웠다.

또한 조용했다.

"여보세요, 다들 어디 갔나요?" 내가 말했다.

한 명이 「고요한 밤 거룩한 밤」을 부르기 시작했다. 그러더니 또 한 명이, 다시 또 한 명이 따라 불렀다. 여자애 셋 모두가 「고요한 밤 거룩한 밤」을 불렀다.

파울리네는 화덕 문 앞에서 손으로 그림자놀이를 하며 천사와 양과 개가 짖는 모양을 만들었다.

베라는 창가에 서서 유리창에 맺힌 물을 자꾸만 닦아냈다.

"자이델 씨 집도 깜깜해. 가로등도 나갔어."

베라가 초를 켰다.

"네 개 켜! 그러면 대림절(待臨節)●촛불 화환이 되잖아!" 체칠리아가 외쳤다.

아래층 현관문 자물쇠에서 끼익 소리가 났다. 현관문에서는 모든 것에서 끼익 소리가 났다. 손잡이에서도, 녹슨 빗장에서도, 경첩에서도. 습한 공기에 나무가 들뜬 탓에 타일 위에 있는 문까지 삐걱거리고 끼익 소리가 났다.

어딘가에 열쇠가 있었지만 우리는 한 번도 문을 잠근 적이 없었다. 잠그면 다시는 못 열까 봐 겁이 났으니까.

웬 남자가 큰 소리로 울더니 계단을 쿵쿵거리며 올라왔다. 쥐죽은 듯 조용했다.

남자는 조금 있다가 또 울었다.

베라가 현관으로 나가보았다.

그러더니 소리를 질렀다. "여기 와봐!"

베라는 아래로 불을 비췄다. 계단에 프리더가 쓰러져 있었다.

"우는 거야?" 내가 물었다.

"웃고 있어." 베라가 말했다.

프리더는 머리를 계단 위쪽으로 두고 누워 있었다. 털모자 아

● 예수 성탄 대축일을 준비하고 기다리는 성탄절 전 4주간. 이 기간 동안 한 주에 하나씩 촛불을 붙여나가므로 마지막 주에는 초가 네 개가 된다.

래 두 눈은 가늘게 뜨고 있었다. 프리더가 킥킥 웃었다. "내가 그
랬어! 내가 그랬다고!"

내가 마을 광장에서 돌아왔을 때도 현관문이 삐걱거렸다. 프리더는 부엌에 앉아 여전히 킥킥 웃었다.

체칠리아는 화난 표정이었다.

베라가 말했다. "말도 안 돼! 이건 기독교와 관계가 없어! 게르만족이 시작한 거라고. 예수에게 크리스마스트리가 있었을까? 예수가 해마다 촛불을 붙이고 그것을 불어 껐을까? 말도 안 되는 이야기야."

우리는 들통에 담긴 물을 욕조에 쏟아부은 후 샤워기 꼭지가 달린 호스로 다시 물을 채워 화덕으로 끌고 갔다. 가장 먼저 베라가 목욕을 했다. 다음에 체칠리아가 하고, 그다음에 파울리네가 했다. 우리는 중간중간에 뜨거운 물을 욕조에 채웠다. 나는 여자애들의 모습을 보지 않으려고 애썼다.

목욕 후 베라와 체칠리아는 젖은 머리로 부엌 식탁에 와서 앉았다. 파울리네의 대머리는 물기가 없이 보송보송했다. 프리더가 황홀한 표정으로 웃었다.

"내가 그랬어!"

우리가 이미글리코스 두 번째 병을 막 따는 순간 하리가 부엌 문에 서 있었다. 얼굴에 뻘겋고 퍼런 멍이 들어 있었다. 코 밑에는 갈색 딱지가 앉았고, 눈 주위에는 시퍼런 멍 자국이 두 개 있었다. 꼭 보라색 안경을 쓴 것 같았다.

"아빠한테 얘기했어." 하리가 말했다.

게이가 쓴 보라색 안경.

하리는 이제 집에 가지 않았다. 그는 도축실로 쓰이던 부엌에 스티로폼 패널 몇 장을 타일 바닥에 깔고 그 위에 이불을 갖다 놓았다. 그걸로 끝이었다. 이제부터 그가 사용할 방이었다.

파울리네는 다음 날 임시 보호소에서 소지품을 챙겨왔다. 그날은 크리스마스 공휴일 첫째 날이었다. 파울리네는 건초 보관소에 잠자리를 마련했다.

이제 우리는 여섯 명이었다. 개수로 치면 반 다스였고, 펜스로 말하면 6펜스였다. 작은 포장의 달걀 개수이기도 했다.

아무러면 어떤가.

"건초 보관소에 방화범을?" 내가 프리더에게 말했다.

프리더가 화를 냈다. "세상에, 그럼 걔는 이제 남은 평생 죽 방화범인 거야? 한번 방화범은 영원한 방화범인 거야?"

"확률론이라는 게 있잖아." 내가 말했다.

"그럼 나도 앞으로 평생 자살 미수자로 사는 거야?" 프리더가 물었다.

나는 아무래도 그렇지 않을까 하는 생각이 들었다. 프리더가 나를 바라보았다. 그는 내가 무슨 생각을 하는지 알아챘다.

"정신 차린 자살 미수자랄까." 내가 말했다.

"걔는 여기서 오래 못 버틸 거야. 어디에서든 오래 버텨본 적이 없는 아이야." 프리더가 말했다.

나는 차라리 하리가 아닌 파울리네가 도축용 부엌으로 들어갔으면 싶었다. 그게 훨씬 이치에 맞았다. 그곳은 바닥과 벽이 타일이고, 방에 수도까지 있고, 바닥에는 홈이 파여 있어서 방화수(防火水)를 흘려보낼 수 있었다. 이 집 어딘가에 방화범에게 어울리는 방이 있다면, 그곳은 도축용 부엌이었다. 이 집 어딘가에 방화범에게 어울리지 않는 공간이 있다면, 그곳은 건초 보관소였다.

어쨌든 이제 아우어하우스는 마지막 방까지 다 찼다. 창문이 없는 이상한 방만 제외하면. 하리는 이곳을 '암실'이라고 불렀다.

우리는 이곳을 어떻게 사용해야 할지 정말 난감했다. 이 방에는 갈수록 짐이 들어차 다닐 수가 없었다. 쓰지 않는 물건들은 주로 현관이나 부엌을 거쳐 죄다 창문이 없는 이곳으로 들어왔다. 장롱에서 나온 낡은 침대보와 이불보, 무거운 침대 틀, 깃털 이불 몇 개, 기다란 판자, 녹슨 커다란 쇠 냄비, 반쯤 남은 페인트 통, 대형 고물 텔레비전, 양탄자, 돌돌 말아둔 장판 같은 것들이었다. 얼마 전부터는 문 바로 안쪽에 낡은 의자들이 서로 맞물린 채 쌓여 있어서 방으로 들어가기가 거의 불가능했다.

방을 치우면 누가 들어와 지낼 수도 있었겠지만, 우리는 공기가 안 통하고 빛이 들지 않는 방에서 누가 살 수 있을 거라고는 생각하지 않았다.

지금까지는.

"그래도 건초 보관소보다 나을 텐데." 내가 말했다.

그러자 프리더가 소리쳤다. "이 방엔 아무도 못 들어와! 절대 안 돼! 여긴 아무도 못 들어와! 아래층 지하실에도 아무도 못 들어가. 혹시 네가 그런 생각을 할지 몰라서 하는 말인데, 뒤쪽에 있는 닭장에도 아무도 못 들어가!"

나는 여태 프리더가 그렇게 고래고래 소리 지르는 걸 본 적이 없었다. 그는 무척이나 심각하게 말했다.

물론 프리더의 말이 옳았다. 그러나 나는 지하실과 닭장 얘기는 꺼내지도 않았다. 누가 거기에 들어가 살아야 한다는 생각은

꿈에도 한 적이 없었다.

지하실은 바닥이 찰흙이었다. 천장이 낮아 똑바로 서 있을 수조차 없었다. 눈이 녹고 물레방아를 돌리는 도랑물이 넘치는 봄이 되면 지하실은 늘 물에 잠겼다. 과거엔 벽에 흰색 칠을 해놓았다. 그건 지금도 알아볼 수 있었다. 그러나 바닥과 붙은 벽 아래쪽에는 사방을 빙 둘러 갈색 줄무늬가 있었다. 봄이면 물이 그 정도로 높이 찼다. 수준기(水準器)*를 대고 그린 듯이 똑바로 그어졌는데, 한쪽 벽의 줄의 높이가 다른 쪽 벽보다 훨씬 높았다. 지하실 바닥이 한쪽으로 기운 게 확연히 보였다.

지하실 바닥에는 구멍이 있었는데, 곰팡이가 핀 나무판자로 덮여 있었다. 프리더는 그게 당근과 샐러리를 넣어두는 일종의 냉장고였다고 했다. 하지만 뭔가를 신선하게 보존한다고 해도 사실 그건 무덤에 가까웠다. 한번은 그 안에 죽은 쥐가 젖은 채 뻗어 있었다. 방금 목욕을 끝내고 아직 몸을 덜 말린 듯한 몰골이었다.

닭장은 크기는 작아도 원래 온전한 방이었다. 여하튼 겉에서 보기에는 그랬다. 닭장은 쐐기풀 구름 위에 떠 있는 듯이 보였지만 실은 목재 기둥 위에 세워져 있었고, 날림으로 만든 사다리를 타고 오르게 되어 있었다.

닭장은 수 년 전부터 아무도 열어보지 않았다.

---

* 면이 평평한가 아닌가를 재거나 기울기를 조사하는 데 쓰는 기구.

알게 뭐람.

지하실과 닭장과 암실이 아무도 지낼 수 없는 곳이라면 이제 모든 공간은 다 찬 셈이었다.

사고를 친 후 프리더는 그날 내내 부엌에 앉아 한마디도 하지 않았다. 축 늘어진 채 식탁에 거의 널브러져 지냈다. 우리 중 한 명이 30분마다 들어가 냉장고를 열거나 개수대에서 뭔가를 하며 말을 걸었다.

"프리더, 왜 그래? 괜찮아?"

아무 반응이 없었다.

우리는 무슨 일이 일어났는지 영문을 알 수 없었다.

한참이 지나고 나서 프리더는 채소를 손질했다. 감자를 불에 올리고 치즈 소스를 저었다.

우리는 음식이 차려진 식탁에 둘러앉았다.

"기도하자!" 프리더가 말했다.

"배고프니 밀어 넣고, 아까우니 아껴 먹자!" 우리는 함께 외쳤다.

"아멘. 우리 연말연시 파티 하자. 연말연시 파티와 하리와 파울리네의 입주 파티!" 프리더가 말했다.

난 내가 잘못 들은 줄 알았다. 나는 파티를 꽤나 유치하다고 생각했고 그건 프리더도 마찬가지였다. 아니, 나는 최소한 프리더도 그렇게 생각한다고 믿었다. 예전에 파티에 가면 우리는 아무 데

나 앉아 끝까지 그 자리에서 움직이지 않았다. 나는 맥주를 마셨고 프리더는 자기가 들고 간 이미글리코스를 마셨다. 우리는 함께 이야기를 나누거나 앞만 멀뚱히 바라보며 사람들을 관찰했다. 가끔 우리가 아는 누군가가 다가와 합석하는 경우가 있었다. 그러면 그 사람도 한동안 우리와 대화하거나 그냥 우리처럼 오래도록 앞만 멀뚱히 바라보았다.

"춤추고 서로 부둥켜안고 그러는 거, 그건 악마가 만든 거야. 파티는 죄악이야. 그게 내가 파티에 가는 유일한 이유야." 프리더가 말했다.

우리는 다른 사람들이 죄를 짓는 모습을 바라보다가 일어나 집으로 돌아왔다. 남들이 가기 전에 우리가 먼저 자리를 뜨면 그건 파티가 시원찮은 거였다. 만일 우리가 제일 마지막으로 일어나면 그 파티는 정말 괜찮은 거였다. 하지만 지금과 같은 상황에서 파티는 완전히 불필요했다. 파티는 누구든지 아무 때나 드나들 수 있는 방이 새로 생겼을 때, 또는 새로운 사람을 사귀기 위해 하는 거다. 그런데 우리 집에는 아무나 들락거리는 방이 전부터 있었고, 게다가 우리는 서로 잘 아는 사람들이었다. 엄밀히 말하면 함께 살고 있는 거였다.

그러나 베라와 체칠리아와 하리는 이렇게 말했다. "좋은 생각이야!", "기가 막힌 생각이야!", "끝내주는 생각이야!"

파울리네만 놀란 표정이었다.

아직 방학이었지만 학교에서는 사실상 상급반 아이들이 모조리 왔다. 정신병원에서 온 아이들의 절반은 프리더가, 나머지 절반은 파울리네가 초대한 손님이었다. 병원에서 온 아이들은 연말연시를 맞아 새벽 1시까지 외출 허락을 받았다.

곧 남자아이들이 탄 자동차가 도착했다. 대부분 무리를 지어 왔는데 한꺼번에 서너 대가 몰려들었다. 그들은 먼저 퇴비 더미 울타리 옆에 주차하고 다음엔 도로 전체를 따라 차를 세웠다. 도로가 다 찬 후에는 다른 길가에도 세웠다. 자동차들은 슈투트가르트와 울름 번호판을 달았고, 아우크스부르크에서 온 차도 있었으며, 프랑스 번호판을 단 차도 한 대 있었다. 그들은 샴페인을 가져왔다. 게다가 대접에 초콜릿 크림까지 담아 왔다. '무소쇼콜라'라고 했다.

하리는 뮌헨에서 파리에 이르는 지역에 사는 게이들을 죄다 부른 게 분명했다.

"하리는 어디 있어?" 내가 물었다.

"하리? 뭐 좀 할 게 있다고 했어." 프리더가 대답했다.

그 순간 새로 도착한 자동차 부대가 모퉁이를 돌았다. 거대한 미제 구형 자동차가 앞장서서 달려왔다. 앞부분도 거대한 철판, 뒷부분도 거대한 철판, 중간 부분 즉 지붕도 거대한 철판이었다.

하리가 차에서 내렸다. 이어 남자 녀석들 몇 명이 더 내렸다.

하리는 곧 자동차를 살 거라고 늘 떠벌리고 다녔었다. 차종은 상관없고, 그저 너무 작지 않고 너무 초라하지만 않으면 된다고 했었다.

아무도 그 말을 믿지 않았다. 실습생이 받는 쥐꼬리만 한 봉급으로는 소형 오토바이조차 살 수 없을 거다. 그리고 하리는 마약 밀매로도 사실 큰돈을 벌지 못했다.

"이게 뭐야?" 내가 말했다. 하지만 나는 곧 이렇게 물은 걸 후회했다.

"비스킷 통! 뚱뚱한 비스킷 다섯 개는 들어가. 일곱 개나 여덟 개까지도 괜찮아. 하지만 그렇게 되면 곧 부스러지겠지." 하리가 말했다.

하리는 지붕에 설치된 전조등을 이리저리 만졌다. 그는 나사를 꽉 조였다.

"캐딜락 엘도라도.● 72년형이야. 미국인한테 샀어." 하리가 말했다.

"미군?" 프리더가 물었다.

"뭐 딴 수가 있었겠어?" 하리가 대답했다.

지붕 아래쪽 차량 내부에 손잡이가 있었다. 그걸로 전조등을 움직였다.

"방향 바꾸기." 하리가 말했다. 전조등이 고개를 좌우로 돌렸다.

"기울이기." 전조등이 앞으로 고개를 숙였다가 뒤로 젖혔다.

"너희들은 계속 뭔가 의미를 탐색하잖아. 여기 탐조등이 있어. 이걸로 어디서든 탐색할 수 있어."

하리는 다리 부분을 잘라낸 꽉 끼는 청바지를 입고 있었다. 그러니까 가랑이까지 진짜로 잘라낸 것이었다. 바지 안에는 검은색 나일론 팬티스타킹을 신었고, 위에는 맨살에 빨간 망사 셔츠를 입었다.

베라와 나는 베를린에서 저렇게 입은 남자를 본 적이 있었다. 베를린에서는 저런 차림으로 돌아다닐 수 있었다. 그러나 하리가 백주 대낮에 우리가 사는 이곳 마을에서 저 꼴로 돌아다니면 누

● 미국 제너럴 모터스 사에서 생산한 고급 자동차 상표의 하나. 크고 화려한 차이다.

군가 경찰에 신고하거나 응급 의사를 부를 게 분명했다. 그러면 하리는 슈바르츠 홀츠 정신병원으로 끌려갈 게 뻔했다.

하리는 두 팔을 내 어깨에 걸치고 살랑살랑 속삭였다. "흐음, 자기야?"

웃음이 터져나왔다. 나는 하리를 좋아했지만 그가 특별히 매력 있다고 생각하지는 않았다. 그가 나를 꼬드겨보려 했다는 건 이미 알고 있었다. 언젠가 둘이서 몽롱하게 취했을 때 그가 내게 말했으니까.

입술을 붉게 칠하고 눈 밑에 검은 화장을 한 그는 평소보다 인물이 좋아졌지만, 망사 셔츠는 정말 꼴불견이었다. 최소한 키스하고 연애하는 걸 조롱거리로 만들면 안 된다는 게 내 생각이었다. 그걸 진지하게 여기지 않는다면, 그러니까 예컨대 망사 셔츠를 입고 다닌다면, 그건 성적 흥미를 완전히 꺼뜨리는 거였다.

"아주 솔직히 말할게. 만일 내가 게이라면 넌 내 파트너 명단에서 상위에 있을 거야." 내가 말했다.

"아주 솔직히 말할게. 만일 우리 할머니한테 바퀴가 달렸다면 우리 할머니는 버스일 거야." 하리가 대답했다.

파티는 점점 사람들로 북적거렸고 아이들이 웅성거리는 소리는 갈수록 커졌다. 나는 자리에 앉아 가만히 앞만 바라보려 했다. 그러나 프리더에게 함께 어디에 앉아 있자고 할 때마다 그는 "좀 있다가!" 라고 말하고는 금세 사라졌다.

혼자서는 힘들었다. 혼자서는 자리를 잡고 앉아 그냥 가만히 앞만 바라볼 수 없었다. 둘이 멍하니 앉아 있으면 왠지 자연스러웠다. 하지만 혼자 그러고 있으면 따분하고 멍청한 사람이 되었다. 그건 이마에 굵은 사인펜으로 '낙오자'라고 써붙인 것과 같았다.

나는 프리더 뒤를 졸졸 따라다니며 집 여기저기를 누볐다. 그는 가는 곳마다 누군가와 이야기를 했다. 부엌에서는 춤까지 췄다.

부엌에서 디스코 음악이 흘러나왔다. 우리가 갖고 있는 믹스테이프가 파티 내내 녹음기에서 돌아갔다는 뜻이다. 김이 서린 곳에서 민소매 티셔츠와 망사 셔츠를 입은 녀석들이 경중경중 뛰었다. 그 사이사이로 프리더의 털 스웨터가 위아래로 흔들거렸다. 한 녀석이 아주 큰 소리로 외쳤다. "너희들 죄다 사투리를 쓰는구나! 귀여워 죽겠어!"

계단에서는 정신병원에서 온 아이들이 앉아 담배를 피웠다. 희끗희끗 수염 난 남자애들과 두꺼운 안경알 너머로 눈이 왕방울만한 여자애들이었다. 그중 한 명은 몇 분 간격으로 일어나 부엌에 있는 게이들에게 가서 담배를 구걸했다.

상급반 아이들은 하리 방에, 그러니까 도축용 부엌에 있었다. 체칠리아는 심지어 중앙 잠금장치 악셀까지 초대했다.

핏물을 흘려보내던 바닥 홈에 다 탄 담배꽁초들이 빼곡했다.

악셀은 타일 벽에 기댄 채 도축실을 멍하니 바라보며 자동차 열쇠를 이리저리 만지작거렸다.

망사 셔츠를 입은 녀석이 들어와 담배가 있느냐고 물었다. 부엌에 있던 담배는 다 떨어졌다. 정신병원에서 온 아이들이 게이들이 갖고 있던 담배를 다 빼앗아 피운 것이다. 아직 자정도 되지 않은 시간이었는데 말이다. 망사 셔츠는 악셀에게 다가가 반쯤 장난으로 애틋한 눈길로 쳐다보았다. 악셀은 얼굴을 찡그렸지만 망사 셔츠는 물러서지 않았다. 그는 오랫동안 악셀의 자동차 열쇠를 바라보았다. 악셀은 계속 열쇠를 만지작거렸다.

"나도 한 번 해봐도 돼?" 망사 셔츠가 물었다.

프리더는 게이들과 정신병원 아이들과 상급반 아이들 사이를 계속 종종거리며 돌아다니더니 느닷없이 사람들을 죽 끌어모았다.

"얘는 프랑크야. 로이틀링겐에서 왔어. 프랑크, 얘는 라이너야. 내가 알기론 정신병이 있어."

"카트린, 이리 좀 올래? 마르틴, 얘는 카트린이야. 고등 화학을 듣는 애야. 카트린, 얘는 마르틴이야. 마르틴은 치과 기공사●야." 이런 식이었다.

프리더는 무차별로 사람들을 소개했다. 심지어 있지도 않은 공

● 치과 보철물, 교정 장치 따위를 전문적으로 만드는 의료 기사.

통점을 꾸며내 짝을 지어주려 했다. "클라우스, 얘는 토마스야. 토마스는 우리가 상상할 수 있는 최고의 잭 니컬슨 광팬이야. 너를 제외하고."

프리더는 내가 고개를 절레절레 흔드는 걸 보았다. 그는 잠깐 멈춰서더니 눈을 크게 뜨고 소곤거렸다. "확산! 나는 확산을 가속화하는 거야!"

위층 부엌을 빼면 집은 지독하게 추웠다. 가지고 있던 녹슨 기름 라디에이터를 방마다 밀고 다녔지만 크게 도움이 되지 않았다. 라디에이터 위에 앉아 있으면 따뜻했지만 다시 내려와 그 옆에 서는 순간 또 추워졌다.

자정 10분 전에 도축용 부엌이 소란스러워졌다. 상급반 아이들이 가장 먼저 길거리로 나갔다. 그 뒤로 망사 셔츠들이 정신병원 아이들을 데리고 계단을 허둥대며 내려갔다.

너무 많은 인원이 한꺼번에 밖으로 나가려 하는 바람에 지금막 파티에 도착한 남자아이들은 집 안으로 들어오지 못했다. 그들은 가져온 샴페인과 여성스러운 초콜릿 푸딩을 들고 그대로 밖에 서 있었다.

중앙 잠금장치 악셀이 자동차 문을 열고 라디오를 크게 틀었다. 스피커에서 「마지막 카운트다운(The Final Countdown)」●의 팡

● 1986년 스웨덴의 헤비메탈 그룹 유럽(Europe)이 발표한 노래.

파르가 울려퍼졌다. 곧 소리가 작아지면서 진행자가 음악을 배경으로 외쳤다. "열, 아홉, ……."

거리에 나온 사람들이 모두 함께 숫자를 셌다. "셋! 둘! 하나! 새해다!"

아스팔트에 늘어선 샴페인병에서 폭죽이 쉿 하고 하늘로 올라갔다. 사방에서 따다닥 소리가 났다.

"It's the final countdown… The final countdown!"

소름이 돋고 속이 메슥거렸다. 어쩌면 정말일 수도 있었으니까. 이게 우리가 처음이자 마지막으로 함께 보내는 연말연시라는 것이.

마을 중간에 있는 아우어하우스 앞에는 이제 교외 김나지움 상급반 아이들, 슈바르츠 홀츠에서 외출 허락을 받고 온 정신병원 아이들, 뮌헨에서 파리에 이르는 지역에서 온 게이들이 빠짐없이 서 있었다.

이웃 사람들이 우리를 쳐다봤다. 남자들은 그 자리에 붙박인 듯 서 있었고, 여자들은 우리 쪽으로 건너와 망사 셔츠들과 새해를 축하하며 건배했다. 이웃 꼬마들은 정신병원 아이들과 내기를 하며 큰길까지 달려갔다 돌아왔다.

자이델 씨가 농가 입구에서 나와 아들을 불렀다. 아이는 열다섯 살쯤 됐을 거다. 자이델 씨는 찰싹 소리가 나게 아들의 뺨을 때리고 집으로 들여보냈다.

"It's the final countdown!"

마지막 카운트다운이 끝나면 나는 다음 연말연시엔 이 마을에 없을 거다.

프리더의 부모님이 상점 절도에 대한 이야기를 듣는 바람에 아우어하우스에서 아이들은 쫓겨날 거다.

"The final countdown!"

마지막 카운트다운이 끝나면 베라와 나는 헤어지겠지.

프리더는 내년에 자살할 거고.

나는 자동차에 들어가 앉았다. 내가 잠시 숨을 돌리고 쉴 수 있는 유일한 곳이었다. 악셀은 음악을 껐다. 그러더니 몇 걸음 떨어진 곳에 서서 꼬마들에게 중앙 잠금장치를 선보였다. 찰칵, 문이 열렸다. 찰칵, 문이 닫혔다. 악셀은 다시 집으로 들어갔다. 이제 나는 자동차 문을 열 수 없었다. 숨도 쉴 수 없었다. 숨을 쉬면 차에서 공기가 사라졌다. 자동차는 점점 좁아지다가 오므라들었다. 계기판이 내 입술에 닿았다. 숨이 막혔다. 나는 생매장됐다. 주먹으로 문을 치고 계기판을 두드리고 운전대를 두드렸다. 경적이 빵 하고 울렸다. 나는 있는 힘을 다해 이마로 경적을 내리눌렀다.

영겁의 시간이 흐른 후 악셀이 자동차 문을 열었다. 나는 위를 올려다보았다. 그의 얼굴이 보였다. 이번엔 아래를 내려다보았다. 검은색으로 반짝이는 그의 단화가 눈에 들어왔다.

다시 눈을 뜨자 악셀의 신발이 하얀 점으로 얼룩덜룩했다. 신발 주위에 샴페인과 잘게 부서진 차지키 토사물이 흥건하게 고여 있었다.

"제기랄." 입을 닦은 나는 이렇게 말하고 내 무덤에서 내려왔다.

원래는 항상 연인들이 가장 먼저 새해 인사를 나누는 법이다. 나는 베라를 찾아보았으나 보이지 않았다. 바깥에도 없고 도축실 부엌에도 없었다.

나는 프리더의 어깨를 툭 치며 말했다. "새해 복 많이 받아!" 체칠리아와 파울리네는 내 뺨에 입을 맞췄다. 하리도 도통 보이지 않았다. 아마 어떤 녀석을 데리고 어디로 내뺐겠지.

베라 방의 문을 두드려보았다. 그녀가 "잠깐만!" 하고 소리쳤다. 열쇠가 자물쇠에서 달그락거리는 소리가 나더니 베라가 밖으로 나와 급하게 부엌으로 달려갔다. 다시 서둘러 돌아온 그녀의 손에 냉장고에서 꺼낸 콘돔 한 갑이 들려 있었다. 베라는 내게 키스를 하고 "새해 복 많이 받아!"라고 말했다. 그러곤 방으로 들어가 문을 닫아걸었다.

사랑은 케이크가 아니라고 베라는 항상 말했다. 많은 사람이 한 조각씩 먹을수록 자꾸만 줄어드는 케이크가 아니라고 했다. 원래 나는 질투하지 않는 게 좋은 거라고 생각했다. 아니면 최소한 질투할 마음이 없는 게 좋다고 생각했다. 또는 질투하면 안 된다고 믿는 게 좋은 거라고 생각했다.

상관없었다.

아니다. 상관이 있었다.

들어가서 문을 잠가버린 케이크. 그런 케이크는 단순히 줄어드는 게 아니었다. 그런 케이크는 말하자면 아예 존재하지 않는 거였다.

하필 하리라니. 이 상황은 분명 막을 수 있었다. 내가 섹시하게 느낀 여자가, 나를 섹시하게 느끼지만 나는 섹시하게 느끼지 않는 남자와 한 방에 틀어박혀 있는 상황은 막을 수 있었다. 나 자신이 내가 섹시하게 느끼지 않는 그 남자와 한 방에 틀어박혔더라면 말이다.

더럽게 복잡했다.

부엌에서 누가 내게 담배 한 대를 주었다. 마리화나 냄새가 났다.

프리더는 춤을 추었다. 그리고 누구하고나 이야기를 했다. 우울증 치료제, 그건 술을 먹고 용기를 내는 것과 같다고 생각했다. 한 번, 아니 최대한 세 번까지 술을 먹고 날마다 삶의 용기를 얻는 것과 같았다.

나는 마리화나를 두 번 깊게 빨아들였다. 머리가 날아갈 듯 가벼워졌다. 한두 번 깊게 들이마시고 얻는 삶의 용기. 그게 완벽한 복용량이었다. 이제 나는 제대로 정신이 들었다.

부엌에서 중앙 잠금장치 악셀이 망사 셔츠와 서로 부둥켜안고 애무를 했다. 체칠리아는 계단에 앉아 저 추잡한 중앙 잠금장치 악셀이라는 녀석 때문에 큰 소리로 울었다.

나는 파울리네와 함께 건초 보관소에 가서 앉았다. 그녀는 사람들이 많이 모인 탓에 겁을 집어먹었다.

벽을 타고 녹음기 소리가 나지막하게 들렸다. 누가 특히 크게 웃거나 뭐라고 소리 지를 때는 그 소리도 들렸다.

"프리더가 춤추는 거 봤어? 평소엔 사람들 눈도 못 쳐다봤는데 지금은 춤을 춘다니까!" 내가 말했다.

"프리더는 ○○을 너무 많이 먹었어." 파울리네가 말했다.

그녀는 무슨 약 이름을 댔다. 이름이 '~친' 혹은 '~체판'으로 끝나는 약이었다. 나는 정신질환자들이 그 이름들을 어떻게 기억하는지 늘 신기했다. 그들은 약마다 정확히 어떤 효능이 있는지, 그게 자기들한테 실제로 어떤 효과가 있었는지도 기억했다. 정신질환자들은 다른 사람들이 자동차나 축구팀이나 배우에 대해 얘기하듯이 약에 대해 이야기했다.

"말하자면 모든 게 그저 무슨 화약 물질에만 좌우되는 건 아닐 거야! 프리더는 너무 피곤하면 약을 거의 안 먹어. 너무 초조하면 너무 많이 먹고. 하지만 프리더의 상태는 괜찮아. 말하자면 이상 행동을 전혀 안 해." 내가 파울리네에게 말했다.

"말하자면, 말하자면, 말하자면. 너는 맨날 '말하자면'이라고 하는구나! 이거 아니면 저거, 죽기 아니면 살기, 모 아니면 도지! 대체 왜 맨날 '말하자면'이야?"

파울리네가 그런 사소한 낱말에 그토록 흥분하는 게 무척 놀라웠다. 그녀 말이 맞을지도 모른다고 생각했다. 나는 정말 걸핏하면 '말하자면'이라는 말을 썼다. 아마 전혀 어울리지 않는 상황에서도 썼을 거다.

"그건 '이를테면'이라는 뜻이야." 내가 말했다.

"나도 알아! 난 미치기는 했어도 바보는 아냐!"

"난 그런 거 못해. 죽기 아니면 살기 같은 거. 난 정말 못해." 내가 말했다.

나는 내가 무엇을 원하는지 대부분 알지 못했다. 그건 파울리네 말이 맞았다. 그러나 내가 무엇을 원하지 않는지는 아주 잘, 아주 정확히 알고 있었다.

"약을 먹지 않아도 모든 게 화학 물질에 좌우되는 건 똑같아." 파울리네가 말했다.

죽기 아니면 살기, 이거 아니면 저거, 모 아니면 도. 나는 왠지 이렇게 할 수 있는 사람이 부러웠다. 결과에 크게 연연하지 않고 생각나는 것을 그냥 밀어붙이는 사람들. 그렇게 하는 편이 훨씬 나았다. 사실 파울리네 말이 옳았다. 말하자면 옳았다고 할 수 있었다. 아이들과 술 취한 사람들은 진실을 말한다. 미친 사람들도 진실을 말한다. 단지 미친 사람들을 아이들로 봐야 하는지, 아니면 술 취한 사람들로 봐야 하는지가 불확실했다.

파울리네는 계속 말을 이어갔다. "우리가 스스로 뇌나 어디 딴 곳에 화학 물질을 만드는 거야. 슬프고, 행복하고, 지루하고, 성적으로 흥분되고, 사랑에 빠지는 것, 이런 건 모두 우리 몸 안에 있는 화학 물질이 만드는 거야."

갑자기 파울리네의 얼굴이 내 얼굴 아주 가까이에 있었다. 그녀의 두 눈이 내 눈 아주 가까이에 있었다. 화학 물질로 가득한 두 개의 커다란 갈색 호수 같았다. 내 눈까지 합하면 네 개의 호수였다.

두 개의 갈색 호수.

두 개의 파란 호수.

아무러면 어떤가.

그녀의 입술이 내 입술에 닿았다. 어떤 맛을 기대한 건 아니었다. 이상하기는 했지만, 그녀에게서 뭐랄까 물맛이 났다. 그냥 물맛이었다. 나쁘지 않았다. 물은 아무 맛도 나지 않으니까. 물맛이 난다고 해서 그녀의 입술이 내 입술에 일으킨 황홀한 느낌을 잊게 만들지는 못했다. 우리는 서로 애무하고 쓰다듬었다. 그렇게 1분가량 흘렀을까. 아니면 일주일이었을까.

계속 입술을 맞대고 있는 동안 파울리네가 내 손을 잡았다. 그게 무슨 뜻인지 알아차린 나는 손을 아주 천천히 그녀의 스웨터

속으로 밀어넣었다.

"아!" 파울리네가 신음 소리를 냈다.

다음 날 낮에 우리는 부엌에 앉아 있었다. 아우어하우스 터줏
대감들과 리우데자네이루나 도쿄에서 왔다가 가지 않고 남아 있
던 몇몇 게이들이었다. 그들 중 자기가 대체 어디에서 잤는지, 과
연 잠을 자기는 했는지 아는 사람은 없었다. 그중 한 명은 우리
중 누구도 할 줄 모르는 프랑스어와 본인이 제대로 할 줄 모르는
영어를 섞어가며 자기들이 밤중에 교회 담을 넘었노라고 열변을
토했다. 교회를 가까이에서 구경하고 싶었다는 것이다.

그는 거기가 유명한 교회인데 우리에게 그것도 모르느냐고 했
다. "You really not did know?" 초기 로마네스크라는 둥 로마의
아침이라는 둥 뭐라고 얘기했지만, 우리는 그가 무슨 말을 하는
지 도통 알아듣지 못했다.

하리는 그 괴상한 망사 셔츠를 그대로 입고 있었다.

아니면 벗었다 다시 입었든가.

베라는 목에 스카프를 두르고 있었다. 집에서 목에 스카프를
하고 있는 여자들은 사실 키스 자국을 감추려 한다는 것쯤은 나
도 알고 있었다. 그건 베라가 제 입으로 들려준 이야기였다.

왠지 나는 졸지에 혼자가 된 기분이었다.

하리는 유리병에서 오이 피클을 꺼내 세로로 네 등분을 했다.

"너희들 그거 알아? 남자의 정자가 경쟁자가 있다는 걸 알게 되면 무지 빠르고 생식력도 무지 좋아진대." 하리가 말했다.

"이론상 옳다고 생각하는 것과, 우리가 실제로 참아낼 수 있는 것과는 아주 심한 괴리가 있을 수 있어." 프리더가 말했다.

방금 하리가 한 말이 내가 이론적으로는 옳다고 생각하지만 실제로는 참아낼 수 없는 그런 말이었다.

"이런, 이론가 납시셨네!" 내가 말했다.

그러곤 더 외로운 느낌이 들었다.

남쪽에 있는 알프 산맥은 수목으로 뒤덮인 장벽 같았다. 산은 여름에는 초록빛이었다가 가을이면 노란색과 갈색으로 변했다. 겨울이 된 지금은 흑백 얼룩무늬가 생겼다. 아주 자세히 관찰하니 저 위 절벽 끄트머리에 나무들이 드문드문 있었다. 담회색 하늘을 배경으로 뾰족한 검은 바늘들이 튀어나온 모습이었다.

오후가 되면서 하늘이 점점 잿빛으로 변했다. 나는 보드카 한 병을 비닐봉지에 넣고 산기슭으로 향했다. 터덜터덜 위로 올라갔다. 눈을 뚫고 수직으로 비탈을 올라가 나무들 틈을 걸었다. 앙상한 너도밤나무가 있었다. 이어 계속 전나무가 나타났다. 크리스마스트리로 쓰이지 않아 아무 장식이 없었지만, 하얀 곰팡이를 뒤집어쓰고 있었다. 나무가 울창한 목가적인 세상이었다. 전나무

가지들이 내 뺨을 어루만졌다. 눈이 소록소록 목덜미에 내려앉았다. 어둠 속에서 눈이 희미하게 빛을 냈다. 낮에 빛을 잔뜩 빨아들였다가 지금 다시 천천히 내뿜는 것 같았다. 나무에서도 땅바닥에서도 모두 조금씩 빛이 났다. 나는 그 빛을 밟으며 느릿느릿 걸었다. 그 빛을 뚫고 산으로 올라갔다.

숲에 대고 큰 소리로 외쳤다. "베라가 하리와 씹을 했다!"

나는 마음속으로 '씹'을 했다를 지워버리고 그 위에 이런 글자를 적었다. '아마 잤을 거야.'

그리고 고친 문장을 큰 소리로 외쳤다.

그 모든 게 무슨 뜻인지 알 수 없었다. 베라가 이젠 하리와 사귀고 나하고는 사귀지 않는다는 말인가? 베라가 양다리를 걸쳤다는 뜻인가? 주인공이 있고 곁다리가 있다는 것인가? 그녀가 하리와는 자고 나와는 안 잔다면, 내가 자동으로 곁다리가 되는 것인가? 그녀는 하리와 어떻게 잤을까?

끼익끽 하고 자동차 소리가 났다. 나무들 뒤에는 산으로 올라가는 구불구불한 길이 있었다. 굽은 길에서는 가능하면 천천히 저속 기어로 바꾸기 때문에 나는 소리였다.

전조등 불빛이 나무들 사이에서 흔들렸다. 눈이 불빛을 사방에 반사하면서 숲이 반짝 빛났다. 불빛이 다시 사라졌다. 사라, 사라, 사라졌다.

하리에게는 차가 있다. 베라는 더는 히치하이킹을 할 필요가 없다. 두 사람은 파리에 가겠지. 아니면 이탈리아에 가겠지. 포 강까지만 가지는 않을 거다. 나는 베라와 함께 그곳까지 간 적이 있었는데, 아주 잠깐 동안이었지만 우리 둘 다 재미있는 곳이라고 생각했다. 하리와 베라는 포 강을 지나 더 멀리 가겠지. 볼로냐에 가거나 피렌체에 갈지도 모른다. 하리의 아빠는 이탈리아 사람이었다. 두 사람은 하리 아빠의 고향에도 갔다가 저 아래, 아프리카 코앞까지도 갈 거다.

캐딜락 엘도라도, 허세꾼들의 차를 타고.

"이게 20만 킬로미터를 달린 건데, 다 망가질 때까지 일터에 타고 다닐 수 있으면 좋겠어."

"그런데 기름을 무지막지하게 많이 먹잖아." 프리더가 말했다.

"이건 최고야! 친환경론자들은 그것 때문에 아주 난리를 피우지. 꿀꺽꿀꺽 먹는다고! 하지만 아침에 한 시간 더 잘 수 있으니, 나한테는 그게 중요해."

한 시간 더 베라의 침대에서.

새해가 엉망으로 시작되었다. 앞으로 나아질 기미도 보이지 않았다. 아비투어를 통과할지 못할지도 불확실했다. 군대는 또 어떻게 해야 할지 알 수 없었다.

프리더는 이제 공식적으로 정신병 진단을 받은 터라 군대에 갈 필요가 없었다. 징병검사조차 받을 필요가 없었다. 정신병원에서 기관에 진단서를 보냈으니 그것으로 끝이었다. 과거에 생명을 단축시키려 한 적이 있기 때문에 그는 15개월을 공짜로 얻었다.

태어나 학교에 가고 총을 쏘고 일하다 죽는 거다.

나는 입대를 거부하고 대체 복무를 할 마음이 없었다. 그래도 징병검사는 미리 받았어야 했다.

거기에 가서 내가 총을 잡으면 지독한 죄책감을 느낀다는 걸 증명했어야 했다. 하지만 난 총을 잡아본 적이 있었다. 칸슈타트 민속 축제 때였는데 그 총으로 사격까지 했다. 전혀 아무 느낌이 없었다. 나는 총으로 플라스틱 꽃다발을 쏘았다. 총을 쏠 때 엄마 남친의 엉덩이를 쏜다고 상상했는데 그것조차 아무렇지 않았다. 다섯 번째 시도에서 꽃다발을 맞혔다. 그 순간 자동으로 사진이 찍혔다. 그 사진은 작은 나무 액자에 끼워져 우리 집 현관에 걸려 있었다.

사진 앞쪽에 있는 나는 사격장 안의 사격대에 팔꿈치를 괴고 한쪽 눈을 감은 채 총을 들고 있었다. 뒤에는 엄마와 엄마 남친이 서 있었다. 내 머리 위에는 생각 풍선이 그려져 있었다. 그 안의 생각은 나 말고는 아무도 알아채지 못했다.

여하튼 군대에 가지 않으려는 사람은 시험을 치러야 했다. 말하자면 양심에 관한 아비투어 구술시험이었다. 시험장에서는 장교들과 왕년의 아우슈비츠 약사들만 앉아 질문을 던졌다. "당신이 밤중에 여자 친구와 공원을 산책한다고 상상해보세요. 갑자기 발가벗은 러시아인이 수풀에서 뛰어나와 당신 여자 친구를 겁탈하려 합니다. 그런데 당신은 우연히 대전차 로켓포를 휴대하고 있어요. 어떻게 하시겠습니까?"

그럴 땐, 이런 상황에서 어떤 결정을 내리기란 너무 어렵다. 두 사람의 목숨을 간단히 저울질할 수는 없는 노릇이다. 지금 그런 걸 상상만 해도 벌써 절망스럽기 짝이 없다고 답해야 했다.

그러니까 여자 친구가 강간당할 때 바보처럼 속수무책으로 있었기에 양심의 가책을 느끼든가, 아니면 발가벗은 러시아인을 산산조각 날려버렸기에 양심의 가책을 느끼든가 둘 중 하나였다. 시험에 합격하는 유일한 길은 이를테면 정상적 생활을 불가능하게 하는 양심의 소유자인 양 행동하는 것이었다. 마치 감자 자루가 어깨에 찰싹 달라붙어 걸음을 옮기는 것조차 불편하고, 심지어 버스에 탄 할머니들까지 일어나 자리를 양보할 정도로 몸과 마음을 짓누르는 양심의 소유자인 척해야 했다.

요컨대 발가벗은 러시아인이 나타난 그런 상황이라면 절망에 어쩔 줄 몰라 자신을 쏘아버릴 거라고 말해야 했다. 그것도 대전차 로켓포로. 그것 말고 다른 건 없으니까. 그렇게 하면 군대에 갈 필요 없이 노인들을 간호하거나 그 비슷한 일을 하는 대체 복무를 할 수 있을 거다.

숲에서 나와 눈 덮인 들판으로 향했다. 언젠가 여름에 프리더와 나는 이곳에서 큼지막한 토끼를 본 적이 있었다. 정확히 말하면 숲 가장자리에서였다. 토끼가 갑자기 우리 앞에 쪼그리고 앉아 우리 둘을 빤히 쳐다보았다. 아니면 우리 마음속을 꿰뚫어보았든가. 놀란 것인지 근시여서 그랬는지, 하여튼 응시하는 토끼의 시선을 우리는 해석하지 못했다.

토끼는 이내 풀밭 쪽으로 고개를 돌려 우물우물 풀을 씹기 시작했다. 아마 헛것을 보았다고 생각한 모양이었다.

들판은 비탈 위로 계속 뻗어 있었다. 나는 위로 올라가 눈 위에 앉았다.

가장 좋은 건 감자 자루를 짊어진 양심의 소유자가 되는 거였다. 그러면 입대를 거부하고 대체 복무를 했을 테고 베를린으로 달아날 필요도 없었을 거다. 사실 나는 베를린으로 가고 싶은 마음이 전혀 없었다. 원래 나는 베를린을 형편없는 곳이라고 생각했다. 그곳 사람들도 형편없었고, 인파로 가득한 거리도 형편없었고, 거지 같은 날씨도 형편없었고, 모든 게 형편없었다.

나는 보드카를 죽 들이켰다.

거짓말 안 하고 이것 하나만은 말할 수 있었을지 모른다. "저는 발가벗은 러시아인을 쏘아버리겠습니다. 당연하죠. 단, 아무도 제게 그렇게 하라고 명령하지 않는다면 말이죠!"

그럼 나는 시험에 떨어지고 군대에 가야 했을 거다. 만일 가지 않으면 감옥에 갔을 거다. 그때 상황이 그랬다.

아래쪽에 마을이 보였다. 불빛이 점점이 모여 무리를 지은 사이로 어둠이 한가득 깔려 있었다.

불빛 점 하나하나가 행복한 가정이었다. 불빛 점 하나하나가 제대로 나오는 텔레비전이었다.

마음이 편해졌다.

정신이 말짱했다. 모든 게 좋았다.

한기가 느껴졌다. 보드카를 또 꿀꺽꿀꺽 마셨다.

나는 독한 술은 싫었다. 병을 빨리 비울수록 더 좋았다.

피곤이 밀려왔다. 아래쪽 불빛 점들이 점점 줄어들었다.

텔레비전이 하나씩 둘씩 꺼졌다. 가정도 하나씩 둘씩 어두워졌다.

마지막 한 모금을 들이켰다.

곧 바람이 불었다. 원래는 바람이 꽤 차가울 텐데 추위가 느껴지지 않았다. 처음엔 추위를 느끼지 못하다가 갈수록 추위를 덜 느꼈다. 이건 객관적으로는 비논리적이지만, 주관적으로는 전혀 문제가 없었다.

터널 안을 들여다보았다. 터널이 내게 다가왔다. 터널이 내 머리 위로 뒤집어졌다. 점점 어두워졌다.

이젠 너무, 너무 피곤했다.

뭔가 윙윙거리는 소리가 들렸다. 터널 끝에 빛이 나타났다. 사람 목소리가 들렸다. 프리더의 목소리였다. 프리더는 이미 죽은 거였다.

프리더가 내 팔을 잡았다. 나는 일어나 그와 함께 빛이 있는 곳으로 둥실둥실 날아갔다.

"들어와." 프리더가 말했다.

다시 윙윙 소리가 났다. 우리는 어둠을 뚫고 날았다. 휘황한 불빛이 앞을 휙 스치고 지나갔다. 불빛이 우리를 인도했다. 우리는 그 뒤를 따라 날았다.

"너는 파울리네한테 홀딱 반했어. 그것 때문에 여기 위에 온 거야?" 프리더가 물었다.

나도 프리더처럼 죽은 거였다. 얼어죽은 거였다. 프리더는 나를 기다리고 있던 거였다. 우리는 지금 사후 세계를 나는 중이었다.

"아니야, 모든 게 원인이었어." 내가 말했다.

"나는 괜찮아. 정말 괜찮아." 프리더가 말했다.

사후 세계에서는 모든 게 좋았다. 무슨 일 때문에 마음 상하는 사람도 없었다.

"걔는 너무 완벽해." 내가 말했다.

"대칭이지." 프리더가 말했다.

이게 내가 들은 마지막 말이었다. 거의 마지막 말에 가까웠다.

"정확히 말하면 선대칭이야." 프리더가 말했다.

베라가 내 침대에 누워 뒹굴뒹굴했다.

나는 앞에 쌓인 책들을 빤히 바라보았다. 어느 시험 과목부터 공부해야 좋을지 마음을 정하지 못했다.

베라는 내 침대보를 소시지처럼 둘둘 말아 다리 사이에 끼웠다. 무릎이 구부러졌다. 한쪽 다리는 소시지 밑에, 나머지 다리는 그 위에 있었다.

"나는 네가 나랑 잘 마음이 없는 줄 알았어. 나는 네가, 음 그러니까, 좀 더 나이가 들어야 한다고 생각하는 줄 알았어." 베라가 말했다.

"난 늘 너랑 자고 싶었어. 네가 원하지 않았지." 내가 말했다.

"하지만 벌써 오래전 일이야."

오래됐다는 건 3주 정도 지났다는 뜻이다. 베라가 왜 변덕스럽게 느껴지는지 조금 알 것 같았다. 그녀의 시간 감각이 나와는 전혀 달랐다. 그녀에게 한 시간은 하루와 같았다. 그녀에게 나는 접착제 화단을 기어가는 달팽이처럼 보였을 거다.

"보드카 한 병으로 충분했을 거라 생각해?"

"다 토하지만 않으면. 왜 안 돼?"

"질투하지 마. 난 너도 좋아해. 사랑은 줄어드는 케이크가 아니야……"

"그 케이크 이론은 나도 알아! 헛소리야. 말도 안 되는 헛소리! 내가 그 반대 논리를 주장하면 어떨까? 사랑은 나누면 줄어드는 케이크라고! 이 말도 맞지 않아? 그리고 똑같은 헛소리지!"

베라는 더는 아무 말도 하지 않았다. 나 역시 아무 말도 하지 않았다. 우리는 서로 슬쩍 쳐다보았다. 갑자기 바이올린 소리가 들렸다. 체칠리아가 연습을 하고 있었다. 바이올린에서 나는 끼익 소리가 점점 커지고 극적으로 변했다. 무성 영화의 음악처럼.

"블라우토프에 가본 적 있어?" 베라가 물었다.

"물론."

블라우토프는 알프 산맥에 있는 작은 호수이다. 그곳에 자주 갔었다. 엄마와 두 여동생과 엄마 남친과 함께 일요일 오후 가족 소풍으로.

작은 호수라지만 커다란 물웅덩이에 가까웠다. 수심이 어마어마하게 깊고 색깔은 말할 수 없이 파랗다. 일종의 깔때기처럼 생긴 호수였다. 깔때기는 맨 밑바닥에서 툭 꺾여 알프 산을 뚫고 들어갔다. 동굴 탐험가들이 매번 호수 아래로 들어갔지만 다시는 물 밖으로 나오지 못했다.

나는 일요일에 그곳으로 산책하러 가는 걸 싫어하지 않았다. 물웅덩이 주변을 한 바퀴 도는 데는 10분이면 충분했다. 그래서 아주 천천히 걷다가 계속 멈춰서서 호숫물을 바라보고 크게 심호흡을 했다.

대부분 엄마 남친이 20미터 앞에서 걸었다. 무슨 일로 또 기분이 상해서였다. 그러면 엄마와 두 여동생과 나는 마음 편히 걸을 수 있었다.

"우리도 자전거 타고 거기에 가서 산책하자. 블라우토프 주변도 거닐고."

"지금 이 한겨울에?"

"아니, 다시 따뜻해지면."

베라는 내게 함께 산책하러 갈 수 있다는 희망을 안겼다.

10분간의 산책. 그것도 몇 주 혹은 몇 달 후에.

밖에서 경적이 울렸다. 하리와 기름 많이 먹는 차 '꿀꺽꿀꺽'이었다. 베라는 밖으로 나갔다. 누가 자동차 문을 쾅 닫았다.

"장작이 다 떨어졌어." 베라가 말했다.

"닭장 옆에 있어. 덮개 밑에." 하리가 말했다.

플라스틱 비닐 덮개 밑에 나무 가루와 흙 부스러기가 언덕을 이루고 있었다. 거대한 개미탑이었다. 베라가 장화 끝으로 개미탑을 툭 찼다. 먼지와 흙 부스러기가 나무토막들 사이로 흘러내렸다. 장작은 예전에 누가 패려고 거기에 쏟아놓고는 덮개로 덮고 잊어버린 것이었다.

나는 나무토막 하나를 통나무 그루터기에 올려놓았다. 나무토막이 아래로 미끄러져 눈 위에 떨어졌다.

하리가 다시 올려놓았다.

"꼭 잡아." 내가 하리에게 말했다.

나는 팔을 쳐들었다.

나무토막이 통나무 그루터기에서 또 떨어졌다.

"잡으라니까!" 프리더가 말했다.

프리더는 나무토막을 다시 올려놓더니 자기가 직접 잡았다.

나는 또 팔을 쳐들었다.

프리더를 다치게 할까 봐 겁이 났다.

나는 도끼를 내려놓았다. 우리는 서로 얼굴만 바라보았다. 아무도 나설 것 같지 않았다.

파울리네가 팔을 쳐들더니 장작을 쪼갰다. 마른 장작에서 아주 크게 퍽 소리가 났다. 도끼가 장작에 꽉 끼었다. 프리더 손가락 바로 옆이었다.

프리더는 장작에서 손을 뗐다. 파울리네는 나무토막에 박힌 도끼를 다시 한 번 휘둘렀다. 나무토막이 통나무에 부딪히며 딱 소리를 냈다. 둘로 갈라진 장작이 좌우로 튀어 달아났다.

"아야." 하리가 소리치며 무릎을 움츠렸다.

파울리네는 모자를 벗고 재킷도 벗어던졌다.

프리더가 나무토막을 붙들고 파울리네가 장작을 팼다. 그렇게 하는 내내 두 사람은 서로 얼굴을 쳐다보았다. 서로 상대방의 눈을 바라보다가 먼저 눈을 깜박이는 사람이 지는 게임을 하듯이. 두 사람 어느 누구도 눈을 깜박이지 않았다.

파울리네는 곧 티셔츠 바람으로 서 있었다. 그녀는 눈에서 땀을 닦아냈다.

새로 팬 장작이 벌써 큰 더미를 이루었다. 우리는 장작을 집 담벼락 옆에 차곡차곡 쌓았다.

그렇게나 많이 난방에 쓸 것 같지는 않았다. 어쨌든 이번 겨울에 그 장작이 다 필요하지는 않을 것 같았다. 우리가 다시 함께 겨울을 보낸다는 것도 상당히 가능성이 희박했다.

그런데도 파울리네와 프리더는 계속 장작을 팼다.

입김이 생각 풍선처럼 공중에 떠다녔다.

개미탑에서 가져온 나무토막들은 이제 거의 동났다. 먼지와 흙 부스러기만 남았다.

"개미는 대체 어디에 있어? 겨울잠을 자는 건가?" 파울리네가 물었다.

"가을이 되면 항상 남쪽으로 이동해. 너, 고속 도로 옆에 있는 거대한 개미 이동로 알지?" 체칠리아가 말했다.

"A8번 고속 도로 옆에 있는 거?" 파울리네가 물었다.

"응. 하지만 A6번 옆에도 하나 있어. 개미는 모두 이탈리아로 이동해. 일부는 오스트리아를 지나서 가고, 일부는 스위스를 거쳐서 가. 아마 유전적으로 그럴 거야." 체칠리아가 말했다.

나는 체칠리아가 생물과 동물에 관한 지식이 있다는 걸 알고 있었다. 그녀의 말이 전혀 불가능한 건 아니라고 생각했다.

내가 무척 바보 같아 보였나 보다. 적어도 파울리네처럼.

체칠리아가 소리 내어 웃었다. 파울리네도 웃었는데, 귀를 찢는 날카로운 소리였다.

도끼가 장작을 빠갰다.

"아슬아슬했어." 프리더가 말했다.

공현절(公現節)●이 지나자마자 크리스마스트리가 치워졌다. 매
년 그랬듯이 올해도 다르지 않았다. 크리스마스트리는 주차장에
그대로 놓여 있었으나, 성탄절 날 하얀색과 빨간색 줄이 그어진
경고 테이프로 둘러쳐 가까이 가지 못하게 해놓았다. 사고 현장
을 봉쇄할 때와 똑같았다. 이번 경우엔 시체가 장장 2주나 그 자
리에 놓여 있었다는 게 달랐다.

관청 직원들이 전기톱을 가져와 우선 가지부터 잘라내고 나무
줄기를 조각낸 뒤 화물차에 실었다.

───────────────

● 아기 예수가 온 인류에게 자신을 공적으로 드러낸 것을 기념하는 날로 1월
6일이다.

왜 크리스마스트리를 더 일찍 치우지 않았을까?

"그렇게 하면 휴일을 끼고 있는 당직표 전체가 엉망이 됐을 거야. 어쨌든 우리 아빠가 그러셨어. 아빠는 보가츠키에게 들으셨고." 프리더가 말했다.

나는 깜짝 놀랐다. "보가츠키가 너희 아빠랑 이야기를 나눴다고?"

"보가츠키는 아빠한테 페니 슈퍼마켓 절도 이야기를 안 했어. 여하튼 아빠한테선 아무 낌새도 못 느꼈거든." 프리더가 말했다.

"너는 도둑질하는 걸 들켰는데도 무사해. 크리스마스트리를 베어버렸는데 아무도 네가 한 짓이라는 걸 몰라. 비결이 뭐야? 너, 불사신이야?" 내가 물었다.

그건 질문이 아니라 요구였다.

나는 프리더가 좀 더 자신감을 갖기를 바랐다. 덜 불안해하기를 바랐다. 그러니까 단지 뭔가를 마셨거나 두 눈을 질끈 감아서가 아니라 정말로, 진정으로 불안해하지 않기를 바랐다.

어쨌든 공현절 직후 편지함에는 또 징병검사 통지서가 와 있었다. 우편엽서로 온 두 번째 통지서였다. 2주 내에 나와서 검사를 받으라는 내용이었다.

나는 엽서를 '탕탕'이라고 이름 붙인 서류철에 넣었다. 그건 인생에서 중요한 문서들을 철해놓은 서류철 중 하나였다. 왼쪽에 있는 '탄생'이라는 서류철에는 출생증명서가 들어 있었고, 중간에는 '학교'라는 이름의 서류철이 있었다. 거기엔 초등학교 성적표를 따로 비닐 커버에 넣어 보관했다. 몇 주가 지나면 아비투어 증서도 비닐 커버에 넣어 철해놓는 게 내 바람이었다. '탕탕' 서류철은 오른쪽에 있었다.

"넌 무정부주의자가 되기엔 지독하게 꼼꼼해." 프리더가 말했다.

어쨌든 나는 첫 번째와 마찬가지로 두 번째 통지서에도 구멍을 뚫었다. 그리고 '탕탕' 서류철에 있는 첫 번째 통지서 앞에 철해놓고 세 번째 통지서가 오기를 기다렸다.

징병검사 통지서를 몇 번 받고 안 나가면 잡혀가는 걸까? 이 질문에 정확하게 대답해주는 사람이 없었다. "그렇게 많이는 안 와." 대부분 아이들의 대답이었다.

나는 이 말을 이렇게 번역했다. '세 번.'

그건 착각이었다.

그걸 알게 된 날 아침의 일이었다. 역사 논술시험 공부를 하려고 나는 자명종을 아주 이른 시각으로 맞춰놓았다.

"클라우스 솅크 그라프 폰 슈타우펜베르크●, 이 사람은 영웅

● 히틀러 암살을 시도했으나 실패한 독일군 장교.

172

입니까 배신자입니까?" 클로제는 아주 괜찮은 선생님이었다. 언제나 시험 문제를 미리 말해주거나 하다못해 귀띔이라도 해주었다. 나는 두 가지 견해에 대해 이미 모든 논거를 준비한 터라 일찍 일어나 한 번 더 머리에 담아둘 생각이었다.

왜 영웅인가: 그는 서약과 명령을 무시했다.

왜 배신자인가: 그는 서약과 명령을 무시했다.

논거들을 빠르게 적는다면 결론을 쓸 수 있는 시간은 많이 남았다.

결론은 상황에 따라 즉흥적으로 적어야 했다. 그땐 클로제의 기분이 어떤지가 중요했다. "안녕하세요!"라는 말에 그가 미소를 지으면 슈타우펜베르크는 영웅이었다. 만일 기분 나쁜 표정으로 의아하게 쳐다보면 슈타우펜베르크는 배신자였다. 그러면 클로제는 내가 나치가 되었다고 생각하고 아마 밤새 잠을 이루지 못할지도 모른다.

여하튼 나는 자명종을 맞춰놓았다. 그건 평범한 자명종이 아니었다. 그저 시끄럽기만 한 시계가 아니었다. 하리는 논술시험과 아비투어를 볼 나를 위해 특별한 자명종을 만들어주었다. 전기로 작동하는 자명종인데, 전화 벨소리 두어 개와 낡은 섬광 조명등을 연결한 것이었다.

어쨌든 자명종에서 귀청을 찢는 요란한 소리가 최대 음량으로 터져나왔다. 그 순간 누가 소리를 질렀다. "이런, 세상에!"

내가 아는 목소리였다. 프리더는 아니었다. 하리도 아니었다.

눈을 뜰 수가 없었다. 너무 밝고 너무 혼잡스러웠다.

"이런, 세상에! 젊은이, 깜짝 놀랐잖아. 자넨 맨날 이렇게 일찍 일어나나?"

보가츠키의 목소리였다. 나는 자명종을 찰싹 때렸다.

"공부 좀 더 하려고요." 내가 말했다.

"당신이 회프너 씨 맞죠?" 보가츠키가 헛기침을 하고 물었다.

그가 갑자기 존칭을 쓰다니, 이상했다.

어른들이 평소엔 반말을 하는 상대방에게 존댓말을 쓴다면 그건 좋은 징조가 아니었다. 상대를 성인으로 대하겠다는 뜻이었다.

"네, 닭머슴 회프너입니다." 내가 대답했다.

뭔가를 요구할 수 있는 성인으로 대하겠다는 뜻이었다.

나는 벌떡 일어났다.

"프리더한테 무슨 일이 있어요?"

아니면 마약 밀매 때문에 하리를 찾는 건가? 파울리네로구나! 걔가 뭐에 불을 질렀구나!

보가츠키는 방 한가운데에 서 있었다. 내 방 한가운데에 마을 경찰이 완전 무장을 하고 서 있었다. 맙소사. 모자까지 쓰고 있었다. 모자가 천정 들보를 찌를 기세였다.

"아뇨. 당신 때문에 왔어요. 현관문을 제대로 잠갔어야죠. 적어도 밤에는." 보가츠키가 말했다.

보가츠키 뒤에 프리더와 베라가 문에 서 있었다.

"내가 너라는 걸 믿지 않더라고." 프리더가 말했다.

보가츠키는 도장이 찍히고 문장(紋章)이 박힌 서류 한 장을 내보였다. 경찰이 출동해 나를 징병검사에 데리고 갈 거라는 내용이었다.

"자넨 두 번이나 통지서를 받았어! 이젠 검사 받으러 가야지!" 보가츠키가 말했다.

"세 번째 통지서가 올 거라 생각했는데요." 내가 말했다.

"그러면?"

"그러면 제 군대 서류철에 통지서가 세 장 있겠죠."

"함께 갈래요, 아니면 내가 끌고 갈까요?" 보가츠키가 다시 존댓말을 했다.

그는 허리띠에 매달린 수갑으로 쩔렁쩔렁 소리를 냈다.

머릿속에서 꽤나 많은 생각들이 스쳐 지나갔지만 차례로 떠오르지 않고 뒤죽박죽이었다.

첫째, 난 역사 논술시험을 놓쳤다.

둘째, 모든 게 몇 주 앞당겨 너무 일찍 들이닥쳤다. 오늘 신체검사를 받으면 당장 내일이라도 소집될 수 있다. 그러면 베를린으로 가야 한다. 그다음엔? 그래도 입대해야 하나? 거부해야 하나? 감옥에 가야 하나?

셋째, 과연 징병검사를 받아야 할까? 유리컵에 오줌을 누고, 옷을 벗고, 무릎을 굽히고, 혈압을 재야 할까? 검사를 받지 않으면 무슨 일이 벌어질까?

보가츠키는 나를 차에 태워 슈투트가르트로 데려갈 참이었다. 지방 병무청이 있는 곳이었다. 그럼 다시 집까지 데려다줄까? 혹시 베라가 같이 갈 수 있을지도 모른다. 영혼의 조력자 신분으로.

아직은 수갑을 차는 쪽으로 결정할 수 있었다. 그럼 보가츠키는 나를 당장 감옥으로 데려갈 테고, 얌전히만 군다면 나는 감옥에서 재수하여 아비투어를 볼 수 있다. 수갑을 찬 채 글을 적을 수만 있다면 말이다.

"수갑 채우세요." 내가 말했다.

보가츠키는 이걸 재미있다고 생각하지 않았다. 그는 내가 저항하지 않는다는 걸 알고 있었다. 나중에 아이들이 수군대는 소리가 복도에서 퍼져나갈 때 내가 직접 그 소리를 듣지 못한다는 게 안타까웠다. "너희들 들었어? 회프너가 끌려갔대. 수갑 차고!"

보가츠키는 내 손목에 쇠 팔찌를 불편하고 어색하게 채웠다. 이런 걸 한 번도 채워본 적이 없는 사람 같았다. 그게 사실일 수 있다는 걸 나는 단박에 알아차렸다. 보가츠키가 그렇게 화를 낸 게 그 때문이라는 것도 나는 눈치챘다. 그는 지금껏 누구에게 수갑을 채워야 했던 적이 없었다. 그는 수갑을 채우는 방법도 몰랐다!

수갑이 뼈에 부딪혔다. 나는 아파서 소리를 질렀다. 보가츠키는 짓궂게 웃더니 이렇게 말했다. "다시 헐렁하게 해줄게."

그러더니 그는 갑자기 멍한 표정이 되어 말했다. "열쇠를 어디에 뒀는지 모르겠네."

베라는 정말로 나와 동행해도 좋다는 허락을 받았다. 그녀는 잠시 프리더와 이야기를 나눈 뒤 자동차 뒷좌석에 올라탔다.

보가츠키는 일단 시청 앞에서 차를 세웠다. 그는 안으로 들어갔다가 30분 뒤에 수갑 열쇠를 가지고 나왔다.

마을 몇 곳을 지난 후 우리는 프리더를 따라잡았다. 그는 자전거를 타고 슈투트가르트로 질주했다.

"너희들한테 할 말 있어." 보가츠키가 말했다.

이런 젠장, 이제 한바탕 잔소리를 퍼붓겠군. 의무와 조국이라든지 법을 준수해야 한다든지 뭐 그런 얘기가 나오겠지. 모두가 나처럼 생각한다면 아무도 발가벗은 러시아인을 제지할 수 없다고 말이다.

보가츠키가 말했다. "훌륭해. 너희들끼리 그렇게 서로 신경 써주는 게. 프리더는 늘 특별한 아이였어. 걔는 농사꾼이 아니야. 잠깐만."

보가츠키는 깜박이를 넣고 달리던 차선 바깥으로 나갔다. 화물차를 추월하려는 거였다. 자동차 안이 너무 시끄러워 보가츠키는 소리를 지르며 말했다. "너희들, 저 밭 알지! 개울하고! 교수대 언덕 사이에 있는 거! 너무 조각조각 나눠져 있어! 그래서 경작하기가! 엄청 번거로워! 걔가 열 살 때였어! 아니 열두 살 때였나! 그때 프리더가! 자기 아버지가! 거름 줄 때 따라갔어! 나중에 아버지한테! 도면을! 그려줬어! 얼마나 멋진 도면이었는데! 그렇게 해서 반 시간이! 절약됐어! 거름 줄 때! 추수할 때! 그때는 한 시간이 절약됐지!"

우리는 화물차를 추월했다. 보가츠키는 다시 원래 차선으로 돌아왔다.

"프리더는 언제나 특별했어. 걘 농사꾼이 아니야." 보가츠키가 말했다.

보가츠키는 지방 병무청으로 들어가는 층계 앞에서 차를 세웠다. 정차 금지 구역이었다. "여기서 기다릴 거야. 도망가면 안 돼." 그가 말했다.

지방 병무청 건물은 회갈색이었다. 모든 게 회갈색이었다. 바깥의 건물 정면도, 계단 옆의 벽도, 복도도, 바닥도, 대기실 의자도 온통 회갈색이었다. 직원들의 모습도 쉽게 눈에 띄지 않았다. 그들이 입은 회갈색 제복이 회갈색 배경 속으로 스며들었다. 눈을 조금 가늘게 뜨면 밝은 동그라미들이 벽을 스치고 지나가는 게 보였다. 사람들 얼굴이었다.

곳곳에 내 또래 아이들, 아니, 우리 같은 녀석들을 뭐라고 부르건 간에 어쨌든 남자들이 앉아 있었다. 베라가 이곳에서 홍일

점이었다. 베라와 함께 신고하러 갈 때 남자애들이 그녀를 빤히 쳐다보았다.

나중에 나는 베라에게 왜 아무도 저질스런 말을 던지거나 뒤에서 휘파람을 불지 않았는지 물어보았다. 남자들은 떼 지어 있으면 으레 그런 짓을 하게 마련이고 어쨌든 군인들은 그렇게 행동하니까. "저 사람들은 떼 지어 있는 게 아니야. 서로 모르는 사람들이야. 각자 혼자 왔잖아. 너처럼." 베라가 말했다.

"나는 혼자 오지 않았거든." 내가 말했다.

나를 검사할 의사는 키가 나보다 머리 하나만큼 컸다. 여하튼 그는 회갈색이 아닌 흰색 가운을 입고 있었다. 머리가 완전히 새빨갰다. 생긴 모습이 거대한 성냥개비 같았다.

의사는 서류를 넘기며 훑어보았다. 그는 낮은 소리로 휘파람을 불며 천천히 숨을 들이마셨다. 그렇게 족히 1분은 있었을 거다. 그러곤 서류를 탁자에 던지고 거칠게 숨을 내쉰 뒤 말했다. "자, 이제 검사하겠습니다. 탈의하세요. 팬티는 입고 있어도 좋습니다."

"저는 아프지 않아요." 내가 말했다.

"신체검사에 협조해야 합니다! 협조하지 않으면 병역법 위반이에요!"

거대한 성냥개비의 머리가 거무스름해지면서 검붉은 색으로 변했다. 뺨이나 이마를 긁을 때는 머리에서 확 불길이 일었다.

"밖에서 기다리세요!" 그가 명령했다.

우리는 한없이 기다리고 또 기다렸다. 이윽고 복도 스피커에서 나를 부르는 소리가 들렸다. "회프너 씨, 검사 위원회로 오십시오!"

베라도 함께 들어갔다. 우리 앞에는 조금 높은 곳에 남자 네 명이 회갈색 탁자 너머에 앉아 종이를 뒤적이고 있었다. 거대한 성냥개비, 회갈색 제복의 남자 두 명, 정장을 입은 남자 한 명이었다. 그들은 고개를 들고 나를 바라보았다.

"겉으로 보기에는 1급 현역 입영 대상입니다." 성냥개비가 말했다.

"1급이라. 그럼 경비대로 갈 수 있겠군요." 회갈색 제복이 말했다.

"아니면 낙하산 부대로 가도 되지요." 또 한 명의 회갈색 제복이 말했다.

"전투 수영 부대." 회갈색 1번이 말했다.

"장거리 정찰 수색대." 회갈색 2번이 말했다.

"저는 시력이 4.5디옵터예요! 여기, 안경 썼잖아요!" 내가 말했다.

"혀짤배기소리를 하네요." 1번이 말했다.

"청력이 좋다는 게 중요하지요." 2번이 말했다.

"당신은 징병검사에 협조하지 않았어요. 이건 우리가 보고해야 합니다. 잘 아시겠지만." 정장이 말했다.

"혹시 병역 거부 인정을 신청하시겠습니까?" 정장이 몸을 앞으로 굽히며 물었다.

"아니요. 밤중에 수풀에서 발가벗고 튀어나오는 러시아인은 질색입니다." 내가 대답했다.

모두 고개를 들고 나를 바라보았다. 내가 정신이 온전치 못한 사람이라도 되는 듯이 빤히 쳐다보았다. 나는 알몸의 러시아인 이야기가 정말 맞는 건지, 그러니까 내가 그런 질문을 받았는지 갑자기 자신이 없어졌다.

그 순간 누가 문을 두드렸다. 뒤에서 문이 열리는 소리가 났다.

"밖에서 기다리세요! 나중에 부를 겁니다!" 정장이 소리쳤다.

거대한 성냥개비와 제복 두 명과 정장이 엄한 표정으로 나를 너머 내 뒤를 보았다. 나는 몸을 돌렸다.

실내에 프리더가 서 있었다. "제 자전거 열쇠 보셨어요?"

프리더는 땀을 뻘뻘 흘렸다. 곱슬머리가 젖어 착 달라붙어 있었고 머리 쪽만 살짝 구불거렸다.

"제 자전거 열쇠요! 조금 전 여기에서 잃어버린 게 틀림없어요!"

프리더는 무릎을 꿇더니 뺨을 바닥에 바짝 붙이고 양탄자를 살

폈다. 베라도 무릎을 꿇고 의자 다리 뒤쪽을 여기저기 더듬었다.

"여기서 막무가내로 이러면⋯⋯." 정장이 말했다.

프리더가 정장의 말을 가로막았다. "집에 가야 해요. 할아버지가 점심을 기다리고 계세요. 정시에 점심을 차려야 해요. 할아버지는 시베리아에 포로로 가 계셨어요! 식사를 정시에 드셔야 해요!"

그가 하는 얘기가 황당무계했지만 군 관계자들에게는 감동을 준 모양이었다.

정장이 어떻게 할까 하는 표정으로 회갈색 두 명을 바라보았다. 회갈색은 둘 다 어깨를 들썩였다. 정장이 의자에서 미끄러지듯 내려와 함께 열쇠를 찾았다.

결국 남자들이 전부 바닥을 기며 열쇠를 찾았다. 성냥개비와 나만 그대로 앉아 꼼짝도 하지 않았다.

탁자 밑에서 프리더의 목소리가 들렸다. "넓죠! 춥죠! 발가락은 얼죠! 5,000킬로미터를 걸어야 해요! 그래서 식사를 정시에 차려야 해요!"

성냥개비가 다른 곳에 한눈을 팔았다. 덕분에 그를 대놓고 바라볼 수 있었다. 병을 고치는 데서 일하지 않는 의사들은 으스스한 느낌이 들었다.

프리더는 성냥개비의 다리 사이를 기었다.

성냥개비는 진저리를 치듯 얼굴을 움찔했지만 어쨌든 속수무

책으로 있었다.

"죄송합니다! 하지만 다른 방법이 없어요! 정말 어쩔 수가 없어요! 정말요!" 프리더가 소리쳤다.

그때 갑자기 베라가 소리를 질렀다. "이거야?"

"맞아! 맞아. 그거야. 그래, 맞아, 맞아! 고맙습니다. 감사합니다! 이제 진짜 가야 해요. 할아버지 때문에요! 정말 감사합니다! 할아버지, 지금 가요! 지금 가요!" 프리더가 소리쳤다.

그는 문을 요란하게 닫고 나갔다.

회갈색 1번이 고개를 절레절레 흔들었다. "끝났군. 점심시간이야."

계단 옆에서 프리더가 기다리고 있었다.

"괜찮아?" 그가 물었다.

"1급이야. 아까 그건 무슨 작전이야?" 내가 말했다.

"와, 그럼 너 낙하산 부대로 갈 수 있겠네! 난 그냥 그 사람들이 어떤 남자들인지 보고 싶었어." 프리더가 말했다.

"보가츠키가 밖에 차에서 기다리고 있어." 내가 말했다.

"좋은 경찰관이지. 악당들이 있는 곳엔 언제나 나타나는." 프리더가 말했다.

프리더는 자전거에 휙 올라탔다. 베라와 나는 다시 딱정벌레 경찰차에 올랐다.

돌아오는 길에 나는 마음을 다잡아야 했다. 베를린으로 달아나기도 전에 소집될 수도 있다. 그럼 그다음엔? 우선 구금되고 감방에 가겠지. 감방엔 얼마나 있으려나? 반년? 1년?

8학년을 마치고 학교를 그만둔 녀석들만 있는 곳에서 혼자 1년을 지내야 한다. 쉴 새 없이 서로 치고받고 싸우는 녀석들, 그것도 주먹으로 입을 가격하며 제대로 붙는 녀석들 틈에서.

재수 없으면 녀석들은 나를 제일 많이 두들겨 팰 거다. 운이 좋으면 나를 '교수님'이라 불러줄 테고.

감옥에 가면 마당에서 운동도 할 수 있다. 운동 담당자도 있는데 호프만의 쌍둥이 형이다. 그 사람은 턱걸이와 윗몸 일으키기와 발 맞추어 한 바퀴 뛰기로 내 삶을 지옥으로 만들 거다.

감옥 도서관에는 어떤 책들이 있을까? 카프카의 「심판」이 있다. 도스토옙스키의 「죄와 벌」도 있다. 그걸 읽으려면 얼마나 걸릴까? 2주면 된다. 그다음엔? 성경이다. 우선 구약 성경을 읽고 신약 성경으로 넘어간다.

다음 차례는 도스토옙스키의 「백치」다.

프리더는 나를 찾아오겠지. 한 달에 한 번.

베라는?

뒷좌석에 앉은 베라는 돌아오는 내내 웃으며 보가츠키와 농담을 주고받았다. 그것 때문에 난 더 기운이 빠졌다. 그녀는 앞으로 내게 닥칠 일이 아무렇지 않다는 듯이 굴었다.

"그 안에 있던 사람들은 제복이 너무 볼품없어요. 그런데 아저씨는 제복이 진짜 잘 어울려요." 베라가 말했다.

나는 내가 잘못 들은 줄 알았다. 처음에 보가츠키는 베라가 자기를 놀리는 건지 아닌지 혼란스러워했지만, 곧 그 헛소리를 냉큼 믿고 우쭐해했다.

나는 부엌에서 큰 소리로 울기 시작했다. 더는 탈출구가 없었다. 난 감옥에 가게 될 거다.

공포에 버금가는 불안감이 몰려왔다.

베라는 내 뺨에 흐르는 눈물을 닦고 내 눈에 입을 맞추었다.

"모든 게 잘될 거야. 정말, 진심이야." 그녀가 웃으며 말했다.

나는 지금이 베라와 잘 수 있는 절호의 기회라고 생각했다.

그때 프리더가 계단을 올라왔다. 그는 마른행주로 머리를 문질러 말리고 물었다. "기분이 어때?"

"끝내줘. 보면 몰라?" 내가 대답했다.

"잘됐네. 그럼 이제 뭐 할 거야? 감방? 아니면 탕탕?" 프리더가 말했다.

"야, 그만해. 그거 쟤한테 보여줘!" 베라가 말했다.

프리더는 비닐봉지 하나를 식탁에 올려놓았다. "꺼내봐."

봉지 안에 내 이름이 적힌 두꺼운 서류철이 있었다. 그 밑엔 독일의 상징 독수리가 박혀 있었다. 나는 서류를 들여다보았다. 맨

위 서류에 큰 글씨로 '1급 – 현역 입영 대상'이라고 적혀 있었다. 내 징병검사 서류였다.

"어때?" 베라가 말했다.

그녀는 기대에 찬 눈으로 나를 바라보았다.

"어때?" 프리더가 말했다.

두 아이는 서로 손바닥을 마주쳤다.

"언제 서류를 챙긴 거야? 내가 열심히 주의를 기울이긴 했는데 보지는 못했어." 베라가 프리더에게 말했다.

"넌 이미 바닥을 기고 있었으니까 못 봤지." 프리더가 말했다.

프리더는 서류에 뭔가를 건성으로 끼적거리며 말했다. "맨 오른쪽에 있던 사람이 의자에서 내려왔을 때였지."

"정장 입은 사람?" 베라가 물었다.

"그 사람 앞에 서류가 있었어. 그 사람이 탁자 밑에서 기고 있을 때 다른 사람들은 그 사람만 바라봤어. 탁자 밑에 있던 그 사람만. 서류는 위에 있었고."

"바닥에서 그렇게 오래 꾸물거렸다고? 서류를 벌써 옷 속에 넣었는데도?" 베라가 물었다.

"그게 로또에 당첨됐을 때와 똑같은 거야. 너무 좋아하는 티를 내면 안 돼. 당장 하이에나들이 달려들거든." 프리더가 말했다.

"저 골칫거리는 냉동실에 넣는 게 좋겠어. 냉전의 상징으로." 베라가 말했다.

"난 영원히 여기서 살 거야. 아우어하우스에서." 내가 말했다.

"우리는." 프리더가 말했다.

"너희는." 베라가 말했다.

난 아비투어 독일어 시험 시간에 너무 늦게 들어갔다. 이게 내가 시험을 망친 첫 번째 이유였다.

두 번째는 잘못된 전략 때문이었다.

우리는 맨 바깥 차선으로 달렸다. 심장이 미친 듯이 날뛰고 피가 쿵쿵 소리를 내며 귀까지 솟구쳤다. 시험이 아니라 자동차들 때문이었다. 우리 옆에 아주 바짝 붙어 질주하는 차들이 무서웠다. 차가 달리면서 생긴 바람이 우리가 탄 자전거를 밀쳐냈다. 어떤 차든지 그냥 나를 치어 넘어뜨릴 수 있다는 걸 그때 처음 깨달았다.

나는 겁이 나 자꾸만 천천히 달렸다.

나는 시험 전략을 한 번 더 점검했다. 모든 걸 한 판에 거는 것, 그보다 확실한 전략은 없었다.

아마 수업 시간에 읽었던 책들과 어떤 정교한 제시문에 대한 논술 중 하나를 고를 수 있을 거다. 나는 「파우스트 2부」에 관한 방대한 양의 주석을 통독했다. 뷔히너, 카프카, 브레히트와 관련된 참고 문헌도 꼼꼼히 살펴보았는데 알고 보니 분량이 무척 많았다.

그러는 동안 나는 지상에서 내게 주어진 시간이 한정되어 있다는 걸 깨달았고, 「파우스트 2부」의 주석을 이해하거나 적어도 외우는 데만 3~4주의 시간이 걸릴 것이며 내 삶의 종착역에 가면 분명 그 시간이 아쉬울 거라는 것도 깨달았다.

여하튼 나는 그 정교한 제시문에 내가 충분히 정교하게 대응할 수 있기를 바랐다. 나는 그냥 나의 말발을 믿었다. 썰을 푸는 건 자신 있었다. 한편으로는 줄줄 써내려가면서 이것저것 저울질해보고, 다른 한편으로는 '말하자면'과 '이를테면'으로 밀고 나갈 생각이었다.

앞을 바라보았다. 체칠리아와 프리더가 보이지 않았다. 나를 따돌리고 가버렸다.

한 노인이 도로에 붙은 배수로를 따라 내 쪽으로 걸어왔다. 지난 몇 년간 마을 사이의 차도를 넓힌 탓에 인도가 없어져서 보행자들은 이제 그곳으로 다닐 수 없었다. 자동차들이 너무 쌩쌩 달렸다. 차도를 따라 걸으려면 배수로를 이용해야 했다.

노인은 아주 느리면서도 왠지 불안하게 걸었다. 우리가 서로 같은 지점에 도달했을 때 내가 큰 소리로 인사했다. "안녕하세요!" 노인은 나를 올려다보고는 곧 곤봉에라도 맞은 듯 옆으로 넘어지더니 배수로에 곤두박질쳤다.

나는 자전거를 들판에 내던지고 달려갔다. 전에 가톨릭 청년회에 있을 때 응급 처치 교육을 받은 적이 있었다. 그때 구강 대 구강 인공호흡과 심장 마사지 같은 걸 배웠다.

노인은 얼굴을 아래로 하고 배수로에 엎어져 있었다. 꼼짝도 하지 않았다. 횡와위●는 아니었다. 그 정도는 나도 알고 있었다. 하지만 나머지는 잊어버렸다. 노인의 몸을 건드려도 되는지조차 알수 없었다. 척추를 다쳤는데 내가 노인의 몸에 손을 댄다면 그는 영구 하반신 마비가 될 것이었다.

나는 자동차를 세워보려고 두 팔을 흔들었다. 대부분 경적만 울리고 지나갔다.

다시 노인이 있는 곳으로 갔다. 갑자기 그는 모로 누워 있었다. 나는 몸을 굽히고 그를 불러보았다. "여보세요?"

노인의 흉곽이 오르락내리락했다.

내 뒤에서 타이어가 끼익 소리를 냈다. 돌아보니 검은색 BMW

● 모로 누운 자세.

가 비상 점멸등을 켜고 서 있었다.

BMW는 막 세차를 마친 차였다. 차 금속판에 하늘이 비쳤다. 도로 위에 구름을 주차해놓은 것 같았다.

구름에서 머리가 아주 짧은 남자가 튀어나왔다. 그는 노인이 있는 배수로로 갔다.

꼭 끼는 티셔츠에 목덜미의 털은 말끔하게 밀었고 등허리는 떡 벌어져 있었다. 어깨도, 팔도, 몸 곳곳이 근육이었다.

남자는 노인을 단번에 바로 눕혔다.

"지나가는 차 좀 세워요! 응급 의사를 불러야 돼요." 남자가 말했다.

그는 노인 위로 몸을 굽히더니 얼굴을 찡그렸다.

"술에 취했네." 남자가 말했다.

그는 노인을 모로 눕히고 한쪽 다리를 구부려주었다.

나는 다시 양팔을 흔들며 지나가는 차를 세워보려 했으나 소용없었다. 다시 스포츠머리에게 갔다.

"이 사람을 여기에 놔두고 갈 순 없어요. 그건 구조 태만 행위예요." 그가 말했다.

남자는 도로변으로 나가 손을 들었다. 차 한 대가 와서 섰다.

운전자가 창문을 내렸다.

"위급한 사람이 있어요. 응급 의사가 필요합니다." 스포츠머리가 말했다.

우리는 도로변에 서서 기다렸다.

"차 몰고 그냥 지나치면 안 되지. 다친 사람이 술에 취했든 아니든. 자구책은 마련하는 게 좋아요. 구조 태만 행위, 이런 걸 내이력에 집어넣고 싶지는 않아요." 스포츠머리가 말했다.

"저 사람한테 인공호흡을 하는 법도 모를 뻔했어요." 내가 말했다.

"아무것도 하지 않는 것, 그게 이 상황에서 자네가 해서는 안되는 유일한 거야." 스포츠머리가 말했다.

그는 엄지와 검지로 동그라미 모양을 만들었다.

"이렇게 해서 중간에 넣으면 돼. 그러면 자네 입을 저 사람 입에 댈 필요가 없어."

"더러워서 그런 게 아니에요. 그냥 인공호흡을 하는 법을 몰라요. 심장 마사지도 마찬가지고요." 내가 말했다.

"이런 건 내가 하는 일 중 하나야." 그가 말했다.

"구급 요원이세요? 제가 운이 좋았군요." 내가 말했다.

"군인이야." 스포츠머리가 말했다.

나는 깜짝 놀랐다. 지금까지 나는 군인을 한 번도 만난 적이 없었다. 그러니까 그냥 군 복무를 하는 사람이 아니라 진짜 군인 말이다.

"2년 복무예요?" 내가 물었다.

"12년." 그가 대답했다.

어이쿠. 아주 특별하고 특별한 겁쟁이네. 양심의 가책도 없이 12년 동안 알몸의 러시아인을, 그것도 명령에 따라 총으로 쏴죽일 아주 특별하고도 특별한 겁쟁이.

"자넨? 징병검사는 받았어?" 군인이 물었다.

"1급이에요." 내가 말했다.

"그럼 낙하산 부대로 갈 수 있겠네."

"아니면 전투 수영 부대로요."

"그 말을 안 들었다면 자네가 군대에 안 가는 사람인 줄 알았겠어."

"저도 그래요."

술 취한 노인은 몸을 일으키려다 뒤로 쓰러지고는 다시 일어나려고 애썼다. 마침내 그는 일어나 앉았다. 이마에는 오물과 잡풀이 묻었고 턱에는 널찍한 상처가 띠 모양으로 생겼다.

노인은 파리를 쫓듯이 손으로 쓱 닦아냈다.

"큰일 아냐. 꺼져 좀." 그가 말했다.

나는 노인이 이렇게 말했다고 생각했다.

그런데 사실은 이런 말이었다. "큰일이네. 그렇죠?"

"응급 의사가 올 때까지 우리 여기에서 기다리자고." 군인이 말했다.

그는 '내가'라고 하지 않고 '우리'라고 했다. 그건 말하자면 내게 내리는 명령이었다. 명령에 따라 선행을 하다니. 나는 난처한 상황에 빠졌다.

"지금 몇 신지 아세요?" 내가 물었다.

군인은 손목을 흔들어 시계를 봤다. 시계가 무척 두꺼웠다. 핵전쟁에 유용할 것 같았다.

"여덟 시 반." 그가 말했다.

"지금 시험 시작했겠네요." 내가 말했다.

"필기시험?"

"아비투어요."

"자네 미쳤어? 얼른 가! 여기서 기다릴 필요 없어. 내가 있을 테니. 얼른, 서둘러!" 군인이 소리를 질렀다.

아까는 있으라고 명령하더니 지금은 가라고 명령했다.

어떤 명령을 따르지 말아야 할지 갈피를 잡을 수 없었다.

"응급 의사가 올 때까지 기다릴래요." 내가 말했다.

우리는 함께 기다렸다.

조금 후 군인은 팔 굽혀 펴기를 시작했다. 위, 아래. 위, 아래.

"군대가 그렇게 나쁜 곳은 아니야."

위, 아래.

"대학 공부도 시켜줘. 직업 군인이 되면."

위, 아래.

"공학을 공부했어."

그는 자기가 공학사라고 했다. 가족 얘기도 하면서 아이가 하나 있다고 했다.

위, 아래.

"아이가 있으면 모든 게 달라지지."

끊임없이 이사를 다녀야 한다고 했다. 북부 독일에서도 살아봤다고 했다.

나는 아우어하우스 이야기를 들려주었다.

군인은 위, 아래로 오르락내리락하며 말했다. "자네들끼리는 누가 결정해?"

"결정하다니, 뭐를요?"

"무슨 음식을 만들 건지."

"음식 하는 사람이 결정하죠. 당연히."

위, 아래.

"그게 잘되나?"

"그런데 왜 차를 세우셨어요?"

그는 일어나 어깨를 털었다.

"말했잖아. 구조 태만 행위라고. 그건 형사 처벌을 받아."

나는 그의 말을 믿지 않았다. 구조 태만 행위가 형사 처벌을 받는다는 말은 물론 믿었다. 그건 나도 알고 있으니까. 다만 그가 그것 때문에 차를 세웠다는 건 믿지 않았다. 누가 그를 고발한단 말인가?

어떤 다른 이유가 있었겠지만 그는 말해주려 하지 않았다.

응급의는 오지 않았다.

"곧 아홉 시야." 군인이 말했다.

이제 우등생들은 핵심어를 적기 시작했을 거다.

"이렇게 가버리네. 쉬는 날이. 젠장." 군인이 말했다.

술 취한 노인은 여전히 꼿꼿하게 앉아 있었다. 그는 또 파리를 쫓았다.

노인이 다시 뭐라고 소리쳤다. 이젠 그의 말을 꽤나 똑똑히 알아들을 수 있었다. "꺼져! 얼른!"

그러더니 그는 갑자기 뒤로 쓰러져 꼼짝도 하지 않았다. 군인이 노인 위로 몸을 숙이고 그의 목에 손가락을 갖다 댔다. 군인은 곧 정신없이 분주해졌다.

"얼른, 문 열어. 차 문. 뒤쪽!"

그는 노인을 배수로에서 끌어냈다.

그리고 자동차 주위를 빙 돌아 뒷좌석에 올라탔다.

"다리 잡아!" 그가 말했다.

군인은 노인을 차 안으로 끌어당겼다.

"밀어! 밀어!"

응급 병동에서 구급 요원 두 명이 달려나왔다. 그들은 자동차 문을 열고 손으로 노인의 목과 가슴을 차례로 짚어보았다. 빠르고 정확한 손놀림이었다. 그들은 노인 위로 몸을 숙였다.

돌연 구급 요원들의 움직임이 느려졌다. 그들은 갑자기 여유를 부렸다.

그들은 노인을 구급용 간이침대에 침착하게 눕히고 이마까지 천으로 덮은 뒤 간이침대를 밀고 건물 안으로 들어갔다.

"내가 얼른 같이 들어가야겠어. 인적 사항 같은 게 필요할 테니." 군인이 말했다.

얼마 후 군인이 다시 나왔다. 그는 나를 다시 자전거가 있는 곳까지 태워다 주었다. "저 길 위에 있네."

헤어지면서 그가 말했다. "난 지금까지 사람 죽은 걸 본 적이 없어. 자네는?"

나는 본 적이 있었다. 그래서 지금 죽은 노인의 모습이 별로 충격적이지 않았다. 게다가 그 노인은 내가 알지도 못하는 사람이었다.

"아니요. 저도 본 적 없어요."

나는 두 시간 늦게 들어갔다. 투른슈 박사는 아무 말도 하지 않았다.

교실에서는 불안의 냄새가 코를 찔렀다. 볼펜심이 종이 위를 스쳐가는 소리가 나지막하게 들렸다.

프리더를 제외한 나머지 아이들은 고개를 들어 쳐다보지도 않았다. 프리더는 눈살을 찌푸리고는 입을 벌려 '엥?' 하는 표정을 지었다.

나는 눈알을 굴려 대답을 대신했다.

체칠리아는 스니커즈를 베어물고 앞에 놓인 시험지를 뚫어져라 바라보았다. 누가 귤껍질을 깠다. 향기가 말할 수 없이 진했다. 압력파처럼 나를 정신 못 차리게 하는 향기였다. 크리스마스 향기 같았다. 그건 이곳과 어울리지 않았다. 밖은 봄이었다.

귤 향기가 불안의 악취와 뒤섞였다. 그 냄새와 지금 상승하는 내 공포감이 왠지 짜릿했다.

책상에 시험지가 놓여 있었다. 주제는 뷔히너, 괴테, 제시문에 관한 논술이었다. 그만하면 문제없었다.

나는 정교한 제시문을 세 번이나 읽기 시작했지만 끝까지 읽지는 못했다.

무슨 모의 비행 장치 이야기가 나왔다. 조종사들이 이륙과 착륙과 비행을 훈련하는 모의 조종석 말이다.

소설도 그런 모의 비행 장치라고 했다. 문학은 말하자면 현실의 비행을 대신한다는 것이었다.

물론 그럴 수도 있지만 모든 게 전혀 다를 수도 있다는 생각이 시험 시간 내내 들었다.

간단히 말해, 나는 뭘 써야 할지 전혀 감을 잡지 못했다. 이 제시문에 관해 뭔가를 적는다면 그건 자욱한 안개를 뚫고 착륙하는 비행기와 다름없었다.

차라리 「파우스트 2부」를 택하는 게 낫지 않을까 고민했지만, 그렇게 하면 안개에 밤이 추가되는 꼴이었다. 안개 긴 밤의 착륙이라니.

날 줄도 모르는 녀석이 조종간을 잡고 있었다.

공항에서는 벌써 조명을 꺼버렸다.

직원들은 모두 집으로 돌아갔다.

어둠 속에서 농부 한 명이 활주로를 갈아엎기 시작했다.

역시 제시문 논술을 하는 게 나았다.

두 번째 문장에서 계속 막혔다. 그 문장을 읽고 또 읽었다.

나는 낱말 개수를 셌다. 아무것도 도움이 안 될 때는 주로 수학이 요긴하게 쓰였다.

낱말은 마흔두 개였다. 그중 여섯 개는 여태 들어본 적이 없는 외래어였다. 전체 낱말 개수의 7분의 1이었다. 14.3퍼센트에 육박했다.

쉼표는 네 개, 쌍반점은 하나였다.

쉼표를 넣어야 할지 마침표를 찍어야 할지 결정할 수 없을 때

쌍반점을 찍는 것은 최악이었다. 모 아니면 도가 아니라 쌍반점을 찍는다는 건. 그런 쌍반점은 말하자면 단 하나의 부호로 발각되는 사이비였다.

외래어 몇 개는 제시문 아래에 설명되어 있었다. '상상하다(imaginieren)', '인습적인(konventionell)', '주류(etabliert)', '고루한(borniert)'이었다. 이게 시작이었다. 나는 이 낱말들을 아무 데나 끼워넣을 수 있었다.

나는 읽는 걸 중단하고 생각나는 대로 써내려갔다.

나는 모의 비행 장치가 어디에 유용한지를 적었다. 「젊은 베르테르의 슬픔」을 예로 들었다. 이걸 읽으면 자살을 시험해볼 수 있다고 썼다. 그러니까 심각한 결과를 초래하지 않고도 자살을 상상(imaginieren)하거나 여하튼 자살하는 법을 알 수 있다고 적었다.

인습적인(konventionell) 현실은 말하자면 점보제트기라는 것, 그 안에 앉아 있기는 하지만 직접 조종할 수는 없는 것이라고 적었다.

그러나 모의 비행 장치로는 조종할 수 있으며 목적지를 고를 수 있다고 주장했다. 심지어 노선까지!

그러므로 모의 비행 장치는 훌륭한 도구라고 결론 내렸다.

첫 번째 전략은 그랬다.

두 번째 전략은 이랬다.

나는 투른슈 박사가 사용한 적이 있는 낱말을 찾아보았다. 예를 들어 '도피'를 뜻하는 영어이지만 결국엔 독일어인 것, 게다가 외래어 어미가 붙은 단어를 물색했다.

'현실 도피(eskapismus)'가 있었다!

현실 도피의 위험, 고루한(borniert) 현실 도피.

본인의 견해를 적는 결론부에 거의 다다랐을 때 나는 프리더가 했던 말을 인용했다. 그러나 출처는 밝히지 않았다. '문학은 누구나 밑을 닦는 데 쓰는 휴지이다.'

이제 비행기에 관해 한 장만 더 쓰면 되었다. 나는 옛날에 기내 변소에서 똥이 곧장 아래로 쿵 하고 떨어지면 대기 중에서 얼면서 막대한 피해를 입혔으며, 주택 지붕이나 사람 머리에 꽤 커다란 구멍을 냈다고 적었다.

그러나 요즘은 안전을 위해 비행 중엔 정화조를 비우지 않는다고 적었다. 이건 전에 텔레비전에서 본 내용이었다.

이제 답안지에 프리더의 명언을 적을 차례였다. 나는 요즘 정화조는 말하자면 날아다니는 도서관과 같다고 썼다.

완벽했다.

"5분 남았어요." 투른슈가 말했다.

나는 작성한 글을 한 번 더 읽어보면서 '~일지도 모른다'는 '~할 개연성이 있다'로, '꽤'는 '비교적'으로 바꿔 썼다.

적당하다고 생각되는 곳에 '주류(etabliert)'를 끼워넣었고, '변소'는 '화장실'로, '똥'은 '배설물'로 고쳤다. '완전 터무니없는'이라고 쓴 것을 발견하고는 '비교적 의심스러운'으로 바꿨다.

정화조에 관한 내용이 정말 맞는지는 알 수 없었지만, 여하튼 그걸 적은 순간에는 상당히 근사하게 들린다고 생각했다.

자전거 거치대에서 프리더가 물었다. "제시문 논술로 했어?"

"응. 망했어!" 내가 말했다.

"이런 젠장! 모의실험 기술로 기능하는 문학에 대해 썼구나." 프리더가 말했다.

"뭔 기술?"

"모의실험 기술."

"그래 맞아. 망했어. 그런데 나, 사람 죽은 거 봤어. 처음에는 죽은 줄 알았는데 살아 있더라고. 그러더니 결국 죽었어. 너희도 그 남자를 봤을지 몰라. 내 코앞에서 도로를 따라 걸었거든. 아직 살아 있을 때만 해도." 내가 말했다.

나는 그동안 일어난 일을 프리더에게 들려주었다.

"술은 자살을 지연시켜. 너무 지연시키는 바람에 술 먹다 죽을 때도 많아." 프리더가 말했다.

"이미글리코스를 마시다가." 내가 말했다.

"그럴지도 모르지." 프리더가 말했다.

영화에서 경찰 기동대가 어느 집에 들이닥치면 늘 벌집을 쑤신 듯 시끄럽다. 창문이 덜커덩거리고, 섬광탄과 연막탄이 날아들고, 경찰들이 금속봉으로 문을 박살낸다. 곧 검은 발라클라바●를 쓴 남자들이 서로 몸을 바짝 붙이고 총총걸음으로 현관에 다가가 총을 겨누고 외친다. "엎드려! 머리 위로 손 올려!" 그리고 10초 안에 모든 게 끝난다. 누가 인질을 방벽 삼아 미친 듯이 사방에 총질을 하게 되면 활극은 영화가 끝날 때까지 계속된다.

영화에서와 똑같은 일이 우리에게도 일어났다. 인질은 없었고, 10초 안에 모든 게 끝났다.

● 눈과 입 부분은 트이고, 머리와 목을 덮는 모자.

보가츠키는 함께 오지 않았다. 만일 왔다면 경찰관들은 손잡이를 돌려 현관문을 열었을 거다.

여하튼 그때 프리더는 기다란 칼을 가지고 빵을 썰기에 바빴다. 바삭바삭한 껍질은 자기가 먹으려고 챙겼다. 그는 빵 껍질을 이로 문 상태에서 우리에게, 다시 말해 여자애들과 내게 줄 빵을 신나게 썰었다.

"극장 프로그램에 보니까 영화를 두 개 하더라. 명화는 여덟 시에 하고, 수준 높은 거는 열 시에 해." 프리더가 우물우물 말했다.

그 순간 아래층에 벼락이 떨어졌다. 현관문이 산산조각 나는 소리가 들렸다. 탁 쪼개지고 우지끈 부러지는 소리는 곧 계단에서 통통거리는 발걸음 소리로 바뀌었다. 우리는 정신이 번쩍 들면서 서로 얼굴을 쳐다보았다.

상대방의 눈빛이 말하는 건 '하느님 맙소사!'가 아니었다.

'엥?'이었다.

이윽고 부엌문이 요란하게 열리고 발라클라바 한 명이 포효했다. "엎드려! 양손 머리 뒤로!"

우리는 커피 잔을 조심스럽게 내려놓고 접시를 탁자 모서리에서 한가운데로 밀어놓았다. 그릇이 지진 때문에 떨어지면 안 되니까.

"칼 버려! 칼 버려!"

프리더는 빵 써는 칼을 쥔 채 두 팔을 활짝 벌린 뒤 칼을 내려놓았다.

"엎드려! 양손 머리 뒤로!"

부엌이 별로 크지 않았던 터라 프리더와 내가 엎드리면서 바닥은 빈 공간 없이 꽉 찼다. 처음에 나는 배를 깔고 엎드렸다. 텔레비전에서 그렇게 하는 걸 보았으니까. 그러나 곧 몸을 돌려 누웠다. 위에서 무슨 일이 벌어지는지 보고 싶었다.

여자애들은 두 손을 머리에 얹고 무릎을 꿇었다.

"엎드려!" 발라클라바가 소리 질렀다.

여자애들은 타일 바닥에서 빈 곳을 찾아 움직였다.

"앉아 있어!" 발라클라바가 소리쳤다.

여자애들이 다시 식탁에 앉았다.

"양손 머리 뒤로!"

파울리네가 일어났다. 그녀는 우유병을 집어들고 냉장고 문을 열었다.

"앉아! 앉아!" 발라클라바가 발작적으로 소리 질렀다.

"쏘세요!" 파울리네는 열린 냉장고 문에 대고 중얼거렸다. 소리 지른 남자를 쳐다보지도 않았다.

발라클라바는 뒤쪽 현관에 대고 소리쳤다. "이런 제기랄, 죄다 어린애들이야!"

어린애들이라니! 건방지기 한이 없군!

"걱정 마세요. 우리는 모두 열여덟 살이에요." 파울리네가 말했다.

나는 파울리네가 아무 생각 없이 발라클라바를 쓴 남자 중 한 명에게 다가갈까 봐 불안했다. 경찰관들이 어떻게 나올지 알 수 없었다. 그들이 파울리네가 종잡을 수 없는 아이라는 걸 알게 된다면 우리로서는 좋을 게 없어 보였다.

총신이 우리 한 사람 한 사람을 겨누었다.

여하튼 난 열여덟 해를 살았어. 목매달았을 때 열여덟이 채 되지 않았던 로타의 누나와는 달라. 나는 속으로 이렇게 생각했다.

내 최소한의 목표는 이룬 셈이었다.

"너희 중에 누가 칼라브레제야? 하랄트 칼라브레제." 발라클라바가 나한테 소리를 질렀다.

"걔는 지금 없어요. 벌써 일하러 다녀요." 파울리네가 말했다.

"그 애 방! 그 애 방이 어디야?"

얼마 후 평범한 청바지와 셔츠를 입은 사복 경찰관들과 넥타이를 맨 남자가 들어왔다. 발라클라바를 쓴 남자들은 철수했다. 우리는 계속 부엌에 있어야 했다. 넥타이를 맨 남자는 검사였다. 그는 직인과 갖가지 도장이 찍힌 문서를 우리에게 보여주었다.

"마약법." 베라가 큰 소리로 읽었다.

"약물과 관계있는 거네." 파울리네가 말했다.

"마약이 뭔지 난 알아." 체칠리아가 안절부절못하며 말했다.

"원하면 변호사한테 전화해도 돼. 이 중에 열여덟 살 미만인 사람 있나?" 검사가 말했다.

"아니요. 도대체 몇 번을 더 말해야 되죠? 혹시 베라 너 열여덟 미만이야?" 파울리네가 말했다.

"아니, 열여덟 살이야. 저희는 전화가 없어요." 베라가 말했다.

"그럴 리가! 이제 방을 수색한다. 아래부터 시작한다." 검사가 말했다.

도축용 부엌을 말하는 거였다. 방 주인인 하리가 없으니 프리더와 내가 옆에서 지켜봐야 한다고 했다. 자기들이 아무것도 훔쳐가지 않았다는 것을 말해줄 증인으로 말이다. 하리의 침대 옆에 마리화나와 담뱃잎과 담배 마는 종이가 함께 담긴 비닐봉지 하나가 놓여 있었다. 비닐봉지는 늘 그 자리에 있었다. 그걸 찾아내려고 따로 마약 탐지견을 이용할 필요는 없었다. 코감기 걸린 퍼그한 마리로도 충분했다.

탐지견은 봉지를 주둥이로 쿡 찌르더니 그 옆에 앉았다. 그러곤 봉지를 바라보고, 경찰관을 바라보고, 다시 봉지를 바라보았다. 탐지견이 낑낑거렸다. 그러더니 소름이 쫙 끼치는 일이 벌어졌다. 탐지견이 앞발을 들고 마리화나를 가리키는 게 아닌가! 뭐저런 빌어먹을 야심찬 개가 다 있나.

마지막으로 부엌 차례였다. 경찰관 한 명이 냉장고를 뒤지기 시작했다. 그는 채소 칸부터 열었다. 서랍을 잡아뺀 그는 손을 집어넣고 이리저리 쓸었다.

아래부터 시작해 위로 올라가며 뒤졌다.

경찰관은 냉동실을 열고 얼음 조각을 꺼냈다.

곧 그의 손에 징병검사 서류가 들려 있었다.

그는 넥타이 맨 남자를 불렀다. 넥타이는 겉표지를 살펴본 후 말했다. "형법 제242조 절도죄. 제274조 문서 은닉죄."

넥타이는 서류를 넘기며 읽었다. 문서에는 편지지 머리 부분과 직인이 찍힌 곳 등 사방에 독일의 상징인 독수리 그림이 박혀 있었다. 프리더는 모든 독수리 문양의 중간에 줄을 그어놓았다. 닭을 꿰어놓은 꼬챙이 같았다. 프리더는 그 밑에 작은 모닥불을 그려놓았다.

검사가 말했다. "제90a조 국가와 국가상징 모독죄. 제267조 문서 위조죄. 제303조 기물 손괴죄."

개수대 위에 붙어 있는 수배 포스터가 검사의 눈에 띄었다. 그는 한참을 그 앞에 서 있었다. 포스터에는 작은 인물 사진들뿐이었다. 사진 위에는 '테러리스트'라고 적혀 있었다.

그건 오랫동안 설거지를 안 한 사람의 사진을 포스터에 붙여놓은 거였다. 어느덧 포스터에는 체칠리아를 제외한 우리 모두의 사진이 붙어 있었다. 게다가 우리는 얼마 전 사망한 유명인들과 멍청하다고 생각되는 유명 인사들의 사진을 신문에서 오려 포스터에 붙이고 그 위에 큼지막하게 ×자를 쳤다.

테러리스트 포스터는 베라가 마을 관청에서 여권을 신청할 때

금방 자기 차례가 오지 않자 그곳 벽에서 떼어온 것이었다. 포스터 한쪽 구석에는 아직도 관청 문장(紋章)이 새겨진 직인 자국이 남아 있었다.

"이번에도 제242조 절도죄."

검사는 이마를 찌푸렸다.

"제189조 사자 명예 훼손죄."

프리더가 웃었다.

"제129a조 테러 단체 구성원 모집죄."

프리더는 이제 웃지 않았다.

경찰관 한 명이 포스터를 떼어 돌돌 말았다.

"자, 이제 모두 경찰서로 간다." 검사가 말했다.

지문을 채취한 남자는 우리보다 나이가 별로 많지 않았다. 그는 손가락 하나를 잡고 손가락 끝을 먼저 잉크대에 대고 눌렀다. 너무 세지도, 너무 약하지도 않았다. 이어 손가락 끝을 종이 위로 굴렸다. 너무 세지도, 너무 약하지도 않았다.

그는 다른 손가락을 잡았다.

손가락을 잉크대에 누르는 압력, 손가락을 종이로 가져가는 속도, 손가락을 종이에 누르는 압력, 이 모든 게 하루 종일 지문 채취 외에 다른 건 하지 않는 사람처럼 한결같았다.

나는 곁눈질로 조심스럽게 그의 얼굴을 관찰했다. 잔뜩 집중하면서도 가수면 상태에 있기라도 하듯이 영혼이 완전히 나간 사람처럼 보였다. 마치 명상하는 사람 같았다.

베라는 자기가 하는 일에 완전히 몰입하여 시간까지 잊어버리면 그게 행복이라고 말한 적이 있었다.

이 경찰관은 지문을 채취할 수 있어서 행복했던 거다. 그 순간 나는 그 사람과 처지가 바뀌었으면 싶었다.

체칠리아는 아버지가 차를 타고 와서 데려갔다. 그는 한마디도 하지 않았고 우리를 쳐다보지도 않았다.

남아 있던 프리더와 베라와 파울리네와 나는 걸어서 집에 갔다.

돌아오는 길에 베라가 말했다. "우리가 진짜로 정치가나 기업가를 쏘아죽이면 경찰은 즉시 우리를 알아낼 수 있을 거야."

"앞으론 장갑을 끼어야겠어." 파울리네가 말했다.

우리는 부엌 식탁에 둘러앉아 하리를 기다렸다. 경찰은 하리를 체포하면 누구에게 연락할까? 우리? 아니면 하리 부모님?

"둘 다 아니야." 파울리네가 말했다.

프리더는 얼마 전부터 아무 말이 없었다. 그는 혼자 곰곰 생각에 잠겨 있었다.

얼마 후 하리가 집 앞에 꿀꺽꿀꺽을 주차하는 소리가 들렸다.

하리가 들려준 이야기는 이랬다. 공장 문을 나서는 순간 그는 정통으로 경찰관들과 마주쳤다. 잠시 인사를 하고 이런저런 말을 주고받고 신분증을 검사한 뒤 경찰은 그를 체포했다.

경찰서에서 그는 우리와 똑같이 지문을 찍고 사진을 등록했다. 그러고 나서야 다시 집에 올 수 있었다.

"닭장은?" 하리가 부엌 식탁에 앉아 말했다.

"발각되지 않았어. 아니다, 아예 찾아보지도 않았어. 나도 몰라." 베라가 말했다.

하리는 자신이 당장 피우지 않을 것들, 그러니까 판매하려는 것들은 모두 집 뒤에 있는 닭장에 보관했다. 그런데 그 양이 상당했다.

하리는 오래된 닭똥을 작은 판자에 붙여 위장 장치를 만들었다. 판자는 전자석을 이용해 닭장 문에 고정했다. 덕분에 닭똥에 막힌 문은 몇 년 동안 열어보지 않은 것처럼 보였다.

"경찰이 어떻게 너한테 간 거야?" 파울리네가 물었다.

"내가 약쟁이랑 싸웠어. 내가 헤로인은 팔지 않는다는 걸 믿으려 하지 않더라고. 녀석이 미친놈처럼 소리를 지르고 닥치는 대로 부수더라니까. 그리고 체포됐어. 그 얼간이." 하리가 말했다.

"그러니까 그 사람이 너를 신고했다는 거야? 경찰은 겨우 마약 20그램 때문에 특별 기동대를 보내지는 않아." 베라가 말했다.

"약쟁이가 짭새들이 듣고 싶어 하는 정보를 줬어. 그냥 헤로인에 대해 뭔가 말하기만 하면 됐거든." 하리가 말했다.

"너는 대체 왜 마약을 팔아? 실습해서 돈 벌고, 기차역에서 돈 벌고, 진짜 충분히 벌잖아." 베라가 말했다.

전혀 알아듣지 못하는 말이 나와서 내가 물었다. "기차역이라니?"

"성매매." 베라가 말했다.

나는 완전히 얼이 빠져 물었다. "돈 때문에?"

"아니, 축구 스티커 사려고! 아이쿠 야, 물론 돈 때문이지. 아니면 뭣 때문이겠어?" 하리가 말했다.

"그거 아프지 않아?" 내가 물었다.

"거기에 바르는 크림이 있어. 그리고 긴장을 풀어야 해." 파울리네가 말했다.

더는 아무 생각이 나지 않았다. 나는 파울리네가 어떻게 그걸 훤히 아는지 절대로 알고 싶지 않았다.

"너는 왜 마약 밀매를 하는데?" 베라가 한 번 더 물었다.

"자기가 피우는 건 아무짝에도 쓸모없어. 남이 너를 대신해서 피워야 네가 부자가 되는 거야." 파울리네가 말했다.

"성매매는 앞으로 2년이나 3년만 할 거야. 나도 나중을 생각해야 하니까." 하리가 말했다.

"참, 영화는 어떻게 되는 거야?" 파울리네가 불쑥 물었다.

"차에 기름 가득 채워뒀어." 하리가 말했다.

명화를 보기에는 이미 늦었다. 수준 높은 걸 보는 수밖에 없었다.

돌아오는 길에 머리가 몽롱했다. 밀에 관한 영화였다. 극영화가 아니라 기록 영화였지만 특별히 뭔가 설명하는 내용이 없었다. 기억나는 게 많지 않았다. 모든 상황이 갈수록 나빠진다는 것, 곡물은 점점 늘어나는데도 사람들은 더 굶주린다는 것, 그래서 농부들이 파산한다는 거였다. 곡물을 직접 빵집으로 가져가 아우어하우스 주민 같은 이들을 위해 빵을 만들게 해야 하는데, 그렇게 하지 않고 중개업체에서 거래하기 때문이라는 거였다.

영화가 상영되는 내내 귀를 찢는 날카로운 음악이 배경 음악으로 나왔다. 끽끽대는 바이올린 소리를 일부러 집어넣은 거였다.

우리는 자동차 좌석에 누웠다. 꿀꺽꿀꺽이 허우적거리며 밤길을 달렸다.

프리더가 낭송하듯 말했다. "그 부자 여자는 집에 와서 빵을 썰려 했지."

베라가 받아쳤다. "빵은 돌덩이 같았지. 칼은 피로 시뻘게졌지."

그게 영화의 모토였다.

프리더는 앞 좌석 물품 보관함을 이리저리 뒤적거렸다.

"그냥 둬!" 하리가 말했다.

보관함은 널찍했다. 평범한 자동차 트렁크 크기만 했다.

"엥?" 프리더가 말했다.

그의 손에 권총이 들려 있었다.

그는 손가락 마디로 권총 손잡이를 두드리며 물었다. "나무야?"

"곧 알게 될 거야." 하리가 말했다.

하리는 차 지붕에 붙은 전조등을 켰다. 도로변 수풀이 그 안쪽에 있는 나무들에 거대한 그림자를 드리웠다. 러시아 동화 영화에 나오는 스케치 같았다.

프리더는 한 손으로는 지붕에 장착된 전조등을 돌리고 다른 손으로는 창밖의 그림자를 향해 총을 겨눴다. 권총은 기가 막히게 진짜 같았다.

"저기, 투기꾼 있다!" 하리가 소리 질렀다.

"탕!" 프리더가 외쳤다.

"저기, 장군 간다!" 하리가 말했다.

"탕탕탕!" 프리더가 또 외쳤다.

"그 거시기 있잖아, 그 남자 이름이 뭐지? 너희들…… 그래, 호프만!"

"탕! 탕탕탕, 탕탕, 탕!"

하리는 숲길로 꺾어들어갔다. 프리더는 지붕 전조등을 빙글빙글 돌렸다.

"저기, 가지 달린 큰 놈! 조심해, 저게 불안이야!" 하리가 소리 쳤다.

"탕!" 프리더가 외쳤다.

"저기, 슬픔!"

하리는 천하태평에다 저돌적이었다. 프리더가 좋아한 영화의 희랍인 조르바처럼.

"탕탕!"

"외로움, 외로움, 저기, 우리 앞에 바짝 붙어 있어!"

그 순간 나는 하리에게 질투가 났다. 베라 때문이 아니라 그의 세상살이 방식 때문이었다.

베라가 왜 하리와 연애를 시작했는지 단박에 이해가 갔다.

하리는 불행을 깨달으면 1초도 고민하지 않고 그 자리에서 불 행을 몰아내는 재주가 있었다. 프리더는 거기에 전염되었다.

"외로움! 저거 내버려두지 마!" 하리가 소리쳤다.

"다다다다다!" 프리더가 포효했다.

"기관총 아니고 권총이잖아. 에잇, 아주 거지 같은 영화였어. 그 거지 같은 음악이 그렇게 시끄럽지만 않았으면 잠이라도 들 었을 거 아냐. 너희들하고는 영화관에도 못 가겠어." 파울리네가 말했다.

하리는 다시 거리로 나갔다. 우리는 시내를 달렸다. 주중인 데 다 밤이라 거리에는 사람이 거의 없었다. 프리더는 창문 밖으로 보행자를 겨누며 낮은 소리로 말했다. "핑."

보행자는 고개를 절레절레 흔들더니 우리에게 돌았느냐는 의미로 자신의 이마를 두드렸다.

우리는 신호등 앞에서 멈춰섰다.

바로 거기, 그 신호등 앞에서 그날 밤은 파국으로 끝날 뻔 했다. 그건 순전히 우리 탓이었다.

우리는 모두 죽을 뻔했다. 다른 사람은 몰라도 프리더만큼은 그랬다.

우리는 그 일에 대해 말하지 않기로 결정했다. 그 누구에게도.

우리가 얼마나 멍청했는지 아무도 알아서는 안 되었다. 그리고 우리가 얼마나 바보처럼 겁을 집어먹었는지도 알아서는 안 되었다.

그날 밤 우리는 파울리네까지 모두 한방에서 잤다. 체칠리아만 없었다. 그녀는 여전히 집에 있었다. 아우어하우스가 아닌 그녀의 부모님 집에.

우리는 매트리스를 프리더 방으로 옮겨 바닥에 나란히 깔았다.

하리는 아무거나 닥치는 대로 이야기했다. 마치 뭔가를 해명하고 싶은 사람처럼.

"우리 아빠가 사고를 당하고 은퇴했을 때 집에서 빈둥거리기만 했어. 사람을 만나러 나가지 않았어. 단골 식당에도 안 갔어. 그게 엄마 신경을 건드린 거야. 엄마가 그랬어. '무슨 취미라도 가져봐. 사람들을 만나야 한다니까! 제발 취미라도 가져보라니까!'

결국 아빠는 엄마한테 굴복하고 벌집 몇 개를 마련했어. 이제 양봉이 아빠 취미가 된 거야. 아빠는 우주 비행사 옷 같은 것을 입고 벌 떼 속에서 살고 있어. 사교적이지 않아?"

아무도 대꾸하지 않았다.

"나는 아빠처럼 되지 않을 거야. 그게 내 유일한 목표야. 아빠가 자살을 하든 안 하든 나랑은 전혀 상관없어. 아빠가 죽었는지 아닌지 아빠 자신도 몰라. 다른 사람들도 몰라."

하리는 불을 껐다.

얼마 후 다시 하리가 이야기를 시작했다. "벌집 안에 내가 마리화나를 넣어놨어. 아직 집에서 살 때. 탐지견은 벌을 무서워하거든. 내 마리화나는 좀 특별한 데가 있어. 언제나 살짝 꿀맛이 나."

나는 잠에서 깼다. 밖은 아직 어두웠다. 덧문에 난 구멍을 보려면 아주 유심히 바라보아야 했다.

나는 숨소리로 아이들을 식별했다. 베라는 팔을 내 허리에 올려놓았다. 베라 뒤에서 하리가 그르렁거리며 자는 소리가 들렸다.

나는 부엌으로 가서 창밖을 내다보았다. 자이델 씨 집에 벌써 불이 켜졌다. 자이델 씨는 구석 의자에 앉아 라디오를 듣고 있었다. 날씨 정보가 나오고, A81번 고속 도로에 공사 구간이 있고,

문델스하임에서 플라이델스하임까지 정체를 빚는다는 내용이었다. 자이델 씨는 커피를 마셨다.

갑자기 프리더가 내 옆에 서 있었다.

"축사에 곧 불이 켜질 거야. 자이델 씨 집 축사." 프리더가 말했다.

그러곤 아무 말이 없었다. 마약과 테러리즘, 그건 진부한 상점 절도와는 차원이 달랐다. 파국에 버금갔던 어젯밤 상황은 또 다른 차원의 사건이었다.

프리더는 내 쪽을 쳐다보지 않았다.

그래도 나는 물었다. "왜?"

맞은편에 불이 들어왔다. 자이델 씨가 소한테 여물을 주었다.

"갑자기 너희들 모두가 다시 유리 뒤쪽에 있는 거야. 아주 두꺼운 유리 뒤에. 너희들이 손에 잡힐 듯 아주 가까이 있는 것처럼 보여. 하지만 사실은 유리가 너무너무 두꺼워서 너희들은 아주아주 저 멀리 있어."

하리가 부엌에 들어와 커피를 끓였다. 그는 빵 한 조각에 마가린을 바르고 그 위에 소시지를 얹었다. 어찌나 꼼꼼하게 밀어넣었는지 소시지가 가장자리로 삐져나오지 않았다. 그는 빵을 반으로 접어 봉지에 넣었다. 그리고 식탁에 앉아 담배를 피웠다.

프리더가 말했다. "그거 전부 헛짓거리야! 마약도 벌 떼도 모두 헛짓거리! 마약 탐지견은 그런 거에 끄덕도 안 해! 넌 입만 열면 말도 안 되는 얘기만 하더라!"

하리는 신발을 신었다. 담배는 전기공 바지 앞에 달린 주머니에 넣었다.

아래층에서 시동 거는 소리가 들렸다. 꿀럭, 꿀럭, 꿀럭.

우리는 졸지에 저마다 혼자가 되었다. 집은 하루 종일 쥐 죽은 듯 고요했다. 나는 유령처럼 어슬렁거렸다.

베라가 침대에 앉아 공부하고 있었다.

"하리는 어디 있어?" 내가 물었다.

"우린 결혼한 사이가 아니야!"

"아직도 화났어?"

"막돼먹은 짓이었어! 정말 쓰레기같이 막돼먹은 짓이었어! 막돼먹고 쓰레기 같고 막돼먹은 짓이었어! 하마터면 프리더가 죽을 뻔했어!"

프리더가 부엌에 서서 프라이팬에 뭔가를 지글지글 구웠다. 그는 튀김옷을 입힌 생선 토막 밑으로 뒤집개를 넣어 뒤집었다.

"괜찮아?" 내가 물었다.

"그러지들 마. 아무 일 없이 다 잘 끝났잖아." 프리더가 말했다.

"하리 어디 있는지 아니?" 내가 말했다.

"주말 내내 슈투트가르트에 있을 거야." 프리더가 말했다.

"일 때문에?"

"기차역에."

나는 부엌을 나와 계단을 내려갔다. 자전거를 세워둔 외양간을 지났다. 헛간에 들어가서 사다리를 타고 위로 올라갔다.

아래로 내려왔다가 사다리를 타고 다시 올라갔다.

부엌과 방, 그건 대륙이었다. 건초 보관소는 섬이었다. 상당히 멀리 떨어진 섬. 헬고란트● 쯤 될까.

파울리네가 도리에 기대어 서 있었다.

그녀는 끊임없이 자동 셔터로 자기 사진을 찍었다. '순간의 기분을 포착'하기 위해서라고 했다. 하지만 그 기분은 언제나 똑같았다. 늘 검은색이었다. 때론 어중간하게 검고 때론 어두컴컴하게 검었다.

파울리네는 침을 컵에 모아두었다가 그걸 머리 위에 부었다. 위

● 북해에 있는 독일의 섬 이름.

층 건초 보관소에는 수도가 없었다. 그러곤 머리를 뒤로 빗어넘겼다. 파울리네는 도리에 등을 기댄 채 가능한 한 차가운 표정을 지었다. 지독하게 진지한 얼굴이었다. 진지하고, 엄격하고, 또한 기가 막힌 대칭이었다.

프리더는 전에 잡화점에서 35밀리미터 필름 열 개들이 한 묶음을 사왔다. 현상 비용은 필름 값에 포함되어 있었다. 파울리네는 건초 보관소의 도리와 서까래에 사진을 압핀으로 고정했다. 사진이 셀 수 없이 많았는데 조명은 모두 시원찮았다. 파울리네 박물관 같았다. 스무 장은 에드바르 뭉크의 「절규」와 같은 자세로 찍었지만 입술은 앙다문 모습이었다.

건초 보관소 곳곳마다 자그마한 양초 불빛이 깜박거렸다.

"저러다 하나라도 쓰러지면?" 내가 물었다.

파울리네는 웅얼웅얼대며 침을 그러모았다. 그리고 혀를 내밀었는데, 가장자리를 말려올려 홈이 파였다. 파울리네는 일부러 쉿 소리를 내며 침을 뱉어 촛불 한 개를 껐다.

"식사 준비 다 됐어. 생선 튀김일 거야." 내가 말했다.

나는 식욕이 달아났다. 아우어하우스가 엄마 남친이 끼어든 가족보다 못하던 나날이 있었다. 아무도 다른 누구와 말을 섞지 않은 나날이 있었다.

나는 밖으로 나갔다. 교회를 지나고 공동묘지를 지났다. 막 아스팔트 포장이 끝난 들길을 따라 달렸다. 트랙터가 진흙 덩어리를 떨어뜨리고 갔다. 나는 진흙을 발로 찼다. 먼지구름이 일었다.

주말농장이 들어선 곳에서 라디오 소리가 바람을 타고 들려왔다. 들판 중간에 벌집이 한 줄로 서 있었다. 귀를 기울여보았지만 자동차 우회 도로에서 나는 웅웅 소리밖에 들리지 않았다.

뒤쪽에는 짙은 초록색 줄이 길게 뻗어 있었다. 아래는 직선이고 위는 들쭉날쭉한 톱니 모양으로 수풀과 나무가 만들어낸 기다란 띠였다. 그곳에서 냇물이 흘렀다.

나는 다리로 달려갔다.

우회 도로가 콘크리트 다리 위를 지나 마을 옆으로 돌아갔다. 다리는 골짜기 위에 걸쳐져 있었다. 사실 골짜기라기보다는 언덕 두 개 사이에 있는 오목한 분지였다. 그래도 다리는 꽤나 높고 상당히 길었다.

그 다리에 폭발실이 설치되어 있다고 언젠가 중앙 잠금장치 악셀이 주장한 적이 있었다. 러시아인이 건너면 폭발한다는 것인데, 그건 비밀이라고 했다.

그게 정말인지 아니면 악셀이 꾸며낸 얘기인지 아무도 자신 있게 말하지 못했다. 악셀은 그게 바로 비밀이라는 증거라고 했다.

다리 밑에 지저분한 소파가 있었다. 등받이가 교각 쪽을 보게 놓여 있었다.

그 옆엔 빈 맥주병, 양철 화분, 페니 슈퍼마켓 비닐봉지가 몇 개 있었다. 비닐봉지 안에 뭔가 잔뜩 들어 있었지만 들여다볼 엄두가 나지 않았다.

불장난한 흔적이 있는 나무 판자와 재도 있었다. 불을 피웠던 곳이었다.

나는 소파에 뛰어올라가 껑충껑충 뛰며 소리 질렀다. 위에서 달리는 자동차와 화물차 소리가 너무 커 내 목소리가 들리지 않았다.

나는 소파에 누워 한숨 돌린 뒤 위를 바라보았다. 우회 도로 밑면이 보였다.

이 아래는 조용했다. 그러나 저 위에서 살아가는 사람들은 요란한 폭음을 내고 있었다.

비닐봉지는 빵빵했다. 그중 하나를 발로 찼다. 봉지가 쓰러지고 옷가지가 쏟아져나왔다. 다시 주워담으려는 순간 뭔가 짤랑하는 소리가 났다. 10페니히짜리 동전이었다. 회색 직물 바지에서 굴러나온 것이었다. 나는 동전을 다시 바지 주머니에 넣었다. 바지 주머니에는 동전이 더 들어 있었다.

1페니히, 5페니히, 10페니히짜리 동전이었다. 그중 하나는 다른 것보다 크기가 컸다. 구리 동전이었는데 앞면에는 독수리가, 뒷면에는 숫자 4가 큼지막하게 그려져 있었다.

4페니히짜리 동전이었다. 나는 깜짝 놀랐다.

내가 알기로 4페니히짜리 동전을 가지고 있는 사람은 나 말고 없었다.

4페니히짜리 동전이 존재했다는 걸 아는 사람도 나는 본 적이 없었다.

그 동전은 내 것과 똑같이 1932년에 발행된 거였다. 베를린을 뜻하는 글자 A가 새겨진 것도 똑같았다.

처음엔 그걸 챙길 생각이었다. 그랬으면 내겐 부적이 두 개가 생겼을 거다. 부적 하나가 불행의 90퍼센트를 막아준다면 10퍼센트의 불행이 남는다. 남은 10퍼센트는 두 번째 부적에게 맡기는 거다. 10퍼센트의 90퍼센트는 9퍼센트이다. 그러니까 부적 두 개는 불행의 99퍼센트를 막을 수 있다. 이건 미신이 아니라 수학이다.

그러나 내가 4페니히짜리 동전을 챙겨가면 여기에 사는 사람은 갖고 있던 부적이 없어진다.

그 4페니히짜리 동전이 부적의 효과가 있었다면 말이다.

사실 여기에 사는 사람에게는 효험이 있는 부적이 절실히 필요하다. 바로 내 부적이.

나는 두 동전을 맞바꿨다. 바지 주머니를 후벼파서 동전을 꺼내 회색 바지에 넣었다. 회색 바지에서 나온 동전은 내 바지 주머니에 넣었다.

여기에 사는 사람은 이제 내 행운의 부적을 얻었다. 본인도 모르는 새에.

다시 아우어하우스로 돌아왔다. 이제 보니 과일나무에 꽃이 피었다. 벚나무였든지 사과나무였든지 둘 중 하나였다. 난 언제나 열매가 달리고 나서야 그 나무가 무슨 나무인지 알아챘다. 나무줄기 뒤쪽에선 연두색 나무들이 횡목처럼 가로질러 나 있었다. 공동묘지 생울타리였다. 생명나무●쯤 되려나.

● 생명의 원천, 세계의 중심, 또는 인류의 발상지인 나무. 구약 성서의 「창세기」 등 여러 종교에서 등장한다.

"똑똑. 집에 아무도 없어요?"

체칠리아는 이렇게 말하고 부엌문을 들어섰다. 난 처음에 그녀가 아우어하우스로 돌아오려는 줄 알았다.

"내 바이올린 가져가려고." 체칠리아가 말했다.

"생선 튀김 먹을래? 근데 벌써 식었어." 누군가가 말했다.

"부모님이 변호사를 살 거야." 조금 후 체칠리아가 말했다.

"어머, 신난다." 베라가 말했다.

"와우." 프리더가 말했다.

파울리네는 아무 말이 없었다.

"오해하지 마. 우리 부모님이 변호사를 사는 건 나를 빼내기 위해서야." 체칠리아가 말했다.

그녀는 '나를'이라는 단어를 제법 크게 말했다. 어쩌면 그녀가 낼 수 있는 가장 큰 소리로.

"게다가 너희한테 뭔가 누명을 씌워야 한다면 변호사는 그것도 마다하지 않을 거야."

체칠리아는 이제 아우어하우스에 다시는 오지 않을 거라고 했다. 변론 전략 때문이라는 거다. 그래야 자신이 어떤 일에 말려들었는지 판사들이 알 수 있다고 했다. 그리고 이건 자기 생각이 아니라 변호사가 한 말이라고 했다.

"나 미국 대학에서 입학 허가서 받았어. 그래서 신원 증명서가 진짜로 깨끗해야 돼. 미안." 체칠리아가 말했다.

그러곤 다시 정말로 그녀다운 말을 남겼다. "너희들이 이해하지 못하더라도 난 그걸 이해해."

엄마는 등받이를 끝까지 뒤로 젖히고 운전석에 누워 있었다.
재킷으로 몸을 덮고 있었다. 점심 휴식 시간이었다.

나는 차 옆에서 기다렸다. 아비투어 독일어 시험이 끝나면 어떻
게 보았는지 엄마에게 이야기하겠다고 약속한 터였다.

소형 자동차들이 주차장으로 들어왔다. 차에서 내린 주부들은
내가 그들이 타는 세컨드 카● 중 하나를 털려는 사람인 양 의심
스러운 눈초리로 나를 바라보고는 슈퍼마켓 안으로 들어갔다가
쇼핑 카트 한가득 물건을 싣고 나와 여전히 의심스러운 눈초리로
나를 쳐다보았다. 그들은 '공개 수배 사건 25시'에서 악명 높은

● 한집에 두 대의 차가 있을 때, 주로 주부나 대학생 자녀가 운전하는 차.

가정주부 세컨드 카 털이범의 1급 몽타주를 작성할 때 도움을 주
려고 은밀한 눈빛으로 내 얼굴을 기억해두었다. 그리고 꽃양배추
와 대파와 파프리카가 든 판지 상자, 콜라와 다이어트 콜라가 담
긴 빨간 상자, 분홍색 고기 조각과 커틀릿이 비치는 투명 비닐봉
지, 아이들이 먹는 현란한 요구르트, 키친타월 4개들이 묶음, 화
장지 8개들이 묶음, 티슈 손수건 16개들이 묶음 등 장 본 물건을
차 트렁크에 차곡차곡 담고 트렁크 문을 눌러 닫았다. 너무 조심
스럽게 닫은 바람에 문이 다시 튀어올랐다. 주부들은 키친타월
과 화장지와 티슈 손수건을 꽉 누르고 문을 한 번 더, 이번엔 세
게 닫았다. 두 번째는 늘 성공했다. 나를 살피는 눈빛은 여전했다.
차 트렁크 문이 닫히자 주부들은 세컨드 카에 오른 뒤 주차장을
벗어나 그들이 사는 집을 향해 차를 몰았다.

　엄마가 잠에서 깼다. 나는 조수석에 놓인 신문을 집어들고 차
에 들어가 앉았다.
　"아주 잘 봤어요." 내가 말했다.
　"다행이다." 엄마가 말했다.
　"평점 3점 정도 될 것 같아요."
　"그러면 잘한 거야?"
　우리는 차창을 내리고 함께 담배를 피웠다.
　"전부터 너한테 물어보고 싶은 게 있었어." 엄마가 말했다.

어이쿠, 큰일 났네. 드디어 시작이로구나. 엄마는 내가 아비투어를 끝내고 무엇을 하려는지 물어볼 거다. 아니면 베라 이야기를 꺼낼지 모른다. 아직도 그 아이와 사귀고 있는지 물어볼 거다.

"뭔데요?" 내가 말했다.

"넌 행복하니?"

내 예상과 가장 동떨어진 질문이었다.

"어쨌든 당분간은 자살할 생각이 없어요. 그러면 충분히 행복한 건가요?" 내가 물었다.

엄마는 내 손에 있던 신문을 가져갔다.

그리고 소리 내어 읽었다. "한밤을 휘저은 총소리. 이게 제목이야. 그 밑엔 이렇게 쓰여 있어. 총격전을 빚을 뻔한 젊은이들의 어이없는 장난."

엄마는 고개를 들었다. 그러곤 눈을 조금 가늘게 뜨고 나를 쳐다보았다. 뭔가를 기다리는 눈치였다. 내가 아무 말도 하지 않자 엄마는 다시 신문을 읽었다. "순찰차에 타고 있던 경찰관들은 금요일 밤 엔징겐에서 게빙겐으로 나가는 진출 차선에서 최악의 사태를 염려해야 했다."

엄마는 다시 멈췄다.

"거기가 신호등이 있는 곳이야. '현장 출동 후 파출소로 복귀하던 경찰은…….' 기자들은 경찰이 왜 엔징겐에 갔는지 쓰지 않았어. 거기에 관심이 있는 사람도 있을 텐데. '파출소로 복귀하던 경찰은 23시 30분경 빈더 안경점 인근의 교통 신호등 앞에서 멈춰섰다. 얼마 후 순찰차 옆 좌회전 차선으로……' 여긴 울딩겐으로 가는 곳이야. 울딩겐 방향. 울딩겐 방향이라고 나와 있네. '…… 좌회전 차선으로 눈길을 끄는 미국 승용차 한 대가 와서 정지했다.'"

엄마는 또 나를 쳐다보았다. 엄마는 자동차에 대해서는 잘 몰랐지만, 하리의 꿀꺽꿀꺽이 미국 차라는 사실은 알고 있었다.

"이제 나온다. '순찰차 운전자가 고개를 옆으로 돌린 순간 그는 깜짝 놀랐다. 열린 승용차 조수석 창문에서 누군가가 그에게 무기를 겨누었다.' 무기래!"

"그다음은 뭐래요?" 내가 물었다.

"'그 순간 경찰관은 차량 지붕에 장착된, 상하좌우로 회전하는 전조등 불빛에 눈이 부셔 앞이 보이지 않았다.' 눈이 부셔 안 보였대!"

겨우 며칠 전이었다.

경찰관은 앞에 있는 신호등을 똑바로 바라보았다. 특별할 것 없는 상황이었다.

경찰관이 우리를 건너다보았다. 순간 그는 프리더가 느린 동작으로 팔을 차창 밖으로 내밀고 총으로 자신을 겨누는 것을 보았다. 그의 눈이 휘둥그레졌다. 그는 자신이 곧 죽을 거라고 생각했

다. 어떻게 방어해야 할지 또는 어떻게 달아나면 되는지는 생각
나지 않았다. 그는 어머니가 생각났다. 아니면 자식들이 떠올랐
을지도 모른다.

프리더는 전조등을 경찰관 쪽으로 돌렸다. 경찰관의 얼굴이 환
해졌다. 새하앴다.

우리는 그의 커다래진 눈을 바라보았다. 우리는 방금 사형 선고
를 받은 사람, 항소할 기회가 없다는 걸 아는 사람, 당장 이 법정에
서 판결이 집행되리라는 걸 깨달은 사람의 얼굴 표정을 관찰했다.

"쏴!" 파울리네가 속삭였다.

"핑!" 프리더가 낮게 중얼거렸다.

그의 팔과 어깨가 반동이 생길 때처럼 뒤로 움찔했다.

그 순간 경찰관의 권총이 내 눈에 들어왔다. 나는 속으로 생각
했다. 저건 나무로 된 게 아니야.

"그렇게 쳐다보지 말아요!" 내가 엄마에게 말했다. 나는 신문을
잡아당겼지만 엄마는 내주지 않았다.

"가만있어! 더 들어봐!"

엄마는 계속 읽었다. "이어 벌어진 한 편의 드라마를 방불케 한
작전에서 인명 피해가 발생하지 않은 건 오직 경찰관의 침착한 대
응 덕분이었다. 신호등이 빨간불에서 노란불로 바뀐 순간 승용차
는 신호를 무시하고 게빙겐 방향으로 직진해 달아났다."

하리는 쏜살같이 내달렸다. 시속 70 또는 80킬로미터였을 거다. "쏴, 쏘라니까!" 파울리네가 소리 질렀다.

프리더가 몸을 돌리고 외쳤다. "고개 숙여!" 그는 우리 머리 위를 지나 차 뒷유리를 겨누며 소리 질렀다. "탕! 탕탕탕!"

베라가 내 손에 자기 손을 올려놓았다. 차 안에서 아직 정신을 놓지 않은 사람은 우리 둘뿐이었다. 그녀의 손톱이 내 손등을 할퀴었다. 기절할 만큼 아팠다.

우리는 곧 총소리를 들었다. 진짜 총소리였다. 아이들 장난처럼 유치한 '탕'이 아니었다. 그리고 또 한 발의 총소리가 났다.

엄마는 계속 읽었다. "경찰은 즉각 추격에 들어갔다. 여러 번의 경고 사격 끝에 경찰은 다음 신호등(울란트 가 인근)에 이르러 규정대로 빨간불에서 멈춰선 도주 차량 앞을 가로막았다. 차량에 타고 있던 남자 세 명과 여자 두 명은 모두 18세였으며 이들은 임시 체포되었다."

엄마는 한숨을 내쉬었다.

우리는 꿀꺽꿀꺽을 가운데 두고 양손을 차량 지붕에 대고 섰다. 갑자기 사방이 파란 불빛 천지로 변했다. 수많은 경찰관이 우리를 에워쌌다.

경찰관 한 명이 우리 몸을 수색했다. 나머지 경찰관들은 옆에서 다리를 벌리고 서서 총으로 우리 머리를 겨누었다.

파울리네가 날카롭지만 낮은 소리로 말했다. "계속 이런 식으로 가는 거야? 아침에도 저녁에도, 아침에도 저녁에도?"

뭔가 장난스레 한 말이었다. 나는 웃으려고 애썼다.

엄마는 다시 신문을 읽었다. "이어진 수색에서 경찰을 위협했던 무기는 압수되었다. 경찰이 현장에서 확인한 바에 따르면, 무기는 깜박 속을 정도로 진짜와 똑같은 모형 권총이었다. 경찰은 차량 운전자와 조수석 탑승자에 대해 다수의 도로 교통법 위반, 모형 무기 소지, 공공질서 방해 혐의로 조사에 들어갔다."

신문 기사는 거의 한 면을 넘어갔다. 커다란 사진도 함께 실렸다. 빈더 안경점과 진출 차선 옆의 신호등이 보였다. 사진 밑에는 이렇게 적혀 있었다. '울란트 가 인근 신호등에서 유혈 사태로 번지지 않은 것은 경찰의 신중한 대처 덕분이었다.'

"그거 너희들이었어?" 엄마가 물었다.

"말도 안 돼요!" 내가 말했다.

"솔직하게 말해!"

"우린 미치지 않았다고요."

우리는 지역 신문 1면에까지 진출했지만, 우리 외에 아무도 그걸 알면 안 되었다.

"왜요?" 내가 물었다.

엄마는 나를 심각하게 바라보다가 말했다. "너한테 줄 거 있어."

우리는 슈퍼마켓 안으로 들어갔다. 엄마는 냉장 창고로 사라졌다. 나는 밖에서 기다렸다.

엄마가 다시 나왔다. 유통 기한이 막 지난 요구르트가 가득한 나무 상자를 들고서.

"후식이야." 엄마가 말했다.

집 부엌에 프리더가 앉아 있었다. 화덕에선 벌써 뭔가 또 지글지글 구워지고 있었다.

나는 프리더 옆에 가서 앉았다.

"괜찮아?" 내가 말했다.

"내가 일부러 그랬어. 짭새가 나를 쏘게 하려고. 내가 일부러 그런 거야."

나는 팔을 쳐들고 손바닥을 펴서 프리더의 얼굴을 쳤다. 한 번은 왼쪽을, 한 번은 오른쪽을. 온 힘을 다해 그의 상체를 두들겨 팼다. 프리더가 의자에서 굴러떨어졌다. 나는 그의 몸에 올라타 욕을 퍼부었다. "개자식, 너 아주 돌았구나. 그렇게 죽고 싶으면 그냥 죽어. 하지만 우리는 빼." 나는 프리더를 마구 때렸다.

프리더는 몸을 옆으로 돌려 나를 떼어내려 했지만 저항하지는 않았다.

아비투어 독일어 시험.

나는 시험을 망치지 않았다. 투른슈 박사는 내게 15점을 주었다. 평점 1점이었다.[*] 15점을 준 건 내가 너무 바보같이 제시문을 끝까지 읽지는 못했지만, 그 제시문에 대해 뭔가를 적었기 때문이다. 그러니까 15점은 내 그럴듯한 입담의 대가였다.

전에 나는 학교에선 지식이나 성적이 아닌 다른 뭔가가 더 중요하다고 느낀 적이 많았다.

그런데 아비투어에서 15점을 받고 보니 그래도 모든 게 공정하

● 각 과목의 만점은 15점이다. 총점 15~13점은 평점 1점, 12~10점은 평점 2점, 9~7점은 평점 3점, 6~4점은 평점 4점, 3~1점은 평점 5점, 0점은 평점 6점이다.

게 돌아간다고 믿고 싶어졌다.

군대.

군대에서는 아무 소식도 들려오지 않았다.

하여튼 체칠리아의 변호사는 내 병역 서류가 아직도 수사 파일에 있다고 말했다. 검찰에서의 진행 상황으로 추정하자면 서류는 앞으로도 그곳에 있을 거라고 했다.

체칠리아의 변호사는 모든 소송 절차에서 기소 중지를 이끌어냈다. 다만 하리는 그의 방에서 발견된 마리화나 때문에 경고 처분을 받았다.

아우어하우스.

우리는 하리가 실습을 마칠 때까지 계속 아우어하우스에서 살았다. 그 후 모두 쾰른으로 이주했다. 우리는 시내 중심가에서 다 쓰러져가는 집에 세 들어 살았다.

영화의 클로징 크레디트 형식으로 후일담을 시작할 수도 있겠다. 아주 긴 클로징 크레디트를. 이야기는 끝났고 이젠 주인공들이 훗날 어떻게 되었는지 알려주면 되는 거다. 「에밀은 사고뭉치」에 나오는 에밀의 이야기처럼. '이 남자애가 커서 시장이 됐다는 건 이 세상의 기적이었다. 에밀은 정말로 시장이 되었고 그 마을

최고의 남자가 되었다.'

하리가 에이즈 구호 단체에서 대체 복무를 하는 장면이 나온다. 대학을 다니는 모습도 보인다. 전문대에서 의상 디자인을 전공한 그는 전기 드럼과 딸랑이와 경적과 점멸등이 장착된 바지와 재킷을 디자인했다.

하리의 얼굴이 클로즈업된다. "로리 앤더슨●을 아니?"

화면이 삽입되며 내 얼굴이 클로즈업된다. "아니."

파울리네가 학교에 다니는 장면이 이어진다. 그녀는 학교에 들어가 뒤늦게 중등 과정을 마쳤다. 야간 학교에 다닌 후 아비투어도 치렀다.

프리더가 로켓 엔진에 무슨 측량 전선을 설치하고 있다.

그러더니 몇 년 후엔 강의실에서 대학생들을 앞에 두고 칠판에 갖가지 공식을 써내려간다.

무대 뒤에서 목소리가 흘러나온다. "현재 프리더는 라인 베스트팔렌 아헨 공과대학교 교수이다. 전문가들은 그를 유력한 노벨 물리학상 후보 중 한 명으로 꼽고 있다."

● (1947~). 미국의 전위 예술가, 작곡가, 음악가, 영화감독.

파울리네와 프리더와 아이들이 보인다.

프리더의 얼굴이 나타난다. "의사들이 우리한테 아이를 낳지 말라고 권했어. 우리가 가지고 있던 정신적 문제 때문에 아이한 테 유전적으로 장애가 있을까 봐 염려한 거야."

파울리네의 얼굴이 나온다. 이젠 전처럼 완벽한 대칭이 아니다. "그런데 첫 번째 임신을 한 뒤 더는 환청이 안 들리는 거야. 의사들은 호르몬 변화 때문인 걸로 추측해. 이런 자연 치유는 전혀 드문 게 아니래. 프리더의 건강도 아주 좋아."

"보면 몰라?" 프리더가 묻는다.

교실에 있는 베라의 모습이 보인다. 칠판에는 라틴어 동사와 동 사 활용표가 적혀 있다.

무대 뒤에서 목소리가 들린다. "베라는 학생들에게 가장 인기 많은 수학 및 라틴어 교사가 되었다. 지금은 퀼른 김나지움을 이 끌어가는 교장이다. 파울리네와 프리더의 아이들도 이 학교에 다 닌다."

나도 대학에 들어가 뭔가를 공부했다. 아마 사회학일 거다.

무대 뒤에서 목소리가 흘러나온다. "베라가 임신하면서 회프너 는 주부(主夫)가 되었다. 그건 지금도 다르지 않다. 그는 책을 아 주 열심히 읽는다."

큰 화면에 내 얼굴이 잡힌다. "실용서야. 소설은 안 읽어."

무대 뒤에서 들리는 목소리. "그리고 취미로 열심히 정원을 가꾸고 있다."

마음 같아서는 모두 이렇게 끝났으면 좋았겠다 싶었다.

무대 뒤에서 목소리가 들린다. "체칠리아는 법학을 공부하고 라인란트 지방 법원 판사가 되었다. 그녀는 우리가 찍는 영상에 나오고 싶어 하지 않았다."

이게 내가 시도한 결말이었다. 그러나 이런 다른 결말을 꾸며내면 거기에서 나오는 건 치유된 세계뿐이었다. 나의 미래 시뮬레이터에는 추락도 없었고 다친 사람도 없었고 죽은 이도 없었다. 거기엔 화창한 날씨뿐이었다. 햇살과 파란 하늘만 있었다. 고루한 현실 도피만 있었다. 원하는 대로 프로그램을 짜놓은 자동 조종 장치가 착륙을 떠맡았다. 나는 데이지가 핀 풀밭 위로 비행기가 두둥실 내려오는 모습을 바라보았다. 비행기가 사뿐히 내려앉았다. 승객들이 박수를 쳤다.

그러나 현실의 삶에서 착륙은 가혹했다.

현실의 삶에서 아우어하우스의 결말은 무척 양면적이었다. 훗날 대학을 다니며 보니 어떤 게 그저 그럴 때 혹은 뭔가 양날의 검 같을 때 사람들은 양면적이라는 말을 사용했다.

"그건 지극히 양면적이야!"

'양면적'이라는 말은 그 자체가 양면적이었다. '시시함'을 뜻하는 유식한 말이거나 반어적 표현에 불과할 때도 많았으니까.

아비투어 독일어 시험. 나는 벽에 쿵 부딪혔다. 투른슈 박사는 분명 내 논술 답안지를 앞에 놓고 어이없는 표정으로 앉아 있었을 거다. 내가 그 알쏭달쏭한 제시문을 앞에 두고 뭔가를 적어내야 했을 때처럼.

투른슈가 말했다. "아비투어는 누구나 —— 미안하네만, 이건 내 개인의 의견이 아니라네.—— 밑을 닦는 데 쓰는 휴지가 아니네."

나는 내 점수를 합산해보았다. 확실히 해두려고 베라가 검산까지 했다. 아비투어 전체 시험에서 떨어지지 않으려면 이제 사회 구술시험에서 적어도 1점이 필요했다.

"뭐든지 다 나올 수 있어." 호프만이 말했다.

호프만, 그 잔인한 선생. 우리는 그가 우리 학교에서도 쫓겨나도록 도발하지 못했다. 지금 나는 그 대가를 톡톡히 치르는 중이었다.

"뭐든지 나와. 아무리 오래전에 배운 거라도."

호프만은 우리가 어떤 식으로 시험을 준비하는지 상상했을 거다. 전에 배운 내용, 더 거슬러올라가 초등학교에서 배웠던 일반 상식까지 포함해 모든 걸 어떻게 떠올리는지 생각해보았을 거다.

"침엽수 하나만 말해봐." 전나무요.

"에스키모가 사는 집을 뭐라고 하지?" 이글루요.

"좋아, 회프너 군. 아주아주 좋아. 아비투어 성적표에 '참 잘했어요.' 도장을 예쁘게 찍어주지."

그러고 나서 시험은 10분 만에 끝났다.

호프만은 의자에 앉아 등을 뒤로 기댔다. 처음에는 천장을 올려다보더니 곧 시선이 그의 코끝을 지나 내게 꽂혔다.

"회프너 군, 롬바르드 $^{●}$ 와 디스콘트 $^{●●}$ 라는 개념을 알고 있겠지. 서너 문장으로 차이점을 설명하게."

나는 내심 라이프아이젠 $^{●●●}$ (1968년이 탄생 150주년이었다.)이나 농업 협동조합 또는 독일 관세 동맹(1984년이 창설 150주년이었다.)에 관한 질문이 나오기를 바랐다. 물론 그럴 확률은 희박했고, 호프만은 내가 기념주화에 해박하다는 걸 모르고 있었다. 방심하다가 허를 찔렸다. 세상에 믿을 건 없나 보다. 하느님마저 믿을 수 없나 보다.

망했다.

나는 곰곰 생각했다.

시험관들과 나 사이에 말린 꽃으로 만든 꽃꽂이 장식이 놓여 있었다. 색이 바래고 먼지가 쌓여 있었다. 줄기는 말린 스펀지에 꽂혀 있었다. 훗날 학교를 떠올릴 때마다 늘 이 부스러진 초록색 스펀지에 꽂힌 먼지투성이 꽃꽂이가 떠오를 것 같았다.

나는 히죽 웃었다.

"재미있나? 질문이?" 호프만이 물었다.

● '담보 대출'이라는 뜻.
●● '어음 할인'이라는 뜻.
●●● 독일 금융 협동조합의 창시자이며 사회 개혁가.

나는 호프만을 바라보며 그를 늑목[*] 사이에 끼워넣는 상상을 했다. 호프만 선생님, 자기방어 기술 아시죠. 거열형과 능지처참의 차이를 서너 문장으로 설명해보세요.

롬바르드와 디스콘트라니.

난 그게 뭔지 하나도 몰랐다.

"그건 서로 판이한 개념입니다." 마침내 내가 입을 열었다.

배석한 또 한 명의 시험관이 고개를 끄덕였다.

롬바르드라.

나는 곰곰 생각했다.

"롬바르드는 이탈리아 북부의 도시입니다." 내가 말했다.

롬바르디아 주의 주도라고 하기엔 질문이 너무 간단했다. 그러니 롬바르드는 토스카나 주에 있을 거다.

아니면 피에몬테 주에 있든가.

베라와 함께 히치하이킹으로 이탈리아에 간 적이 있었다. 포강까지 갔었는데 미치도록 재미있었다.

우리는 한낮의 햇살을 받으며 도로를 따라 걸었다. 모든 게 다 건조했다. 햇볕에 탄 길가의 풀과 말라버린 들판이 있었다. 풍경 전체가 거대하고 휑뎅그렁한 말린 꽃 장식이었다.

● 몸을 바르게 하는 데에 쓰는 체조 기구. 나무 기둥 사이에 여러 개의 가로대를 고정시킨 것이다.

차 한 대가 와서 섰다. 그러나 남자 운전자는 베라만 태워주려 했다. 베라는 당연히 싫다고 했다. 남자는 차에서 내리더니 베라에게 이탈리아어로 말을 걸었다. 우리는 무슨 말인지 알아듣지 못했다. 남자는 곧 바지 주머니에서 지폐 한 다발을 꺼냈다. 베라는 고개를 저었다.

남자가 느닷없이 베라의 가슴을 만졌다. 베라는 아연실색했다. 하지만 그건 잠깐뿐이었다. 베라는 곧 무릎으로 남자의 고환을 있는 힘껏 걷어찼다. 남자가 베라를 밀쳤다. 베라가 쓰러졌다. 그는 나도 밀쳤다. 나는 베라 몸 위로 쓰러졌다. 그런 내 눈에 남자가 절뚝거리며 차 있는 데로 가서 차를 몰고 떠나는 모습만 들어왔다.

그는 러시아인이 아니었다. 알몸도 아니었다. 수풀에서 튀어나오지도 않았다. 나는 대전차 로켓포도 가지고 있지 않았다.

그때가 베로나에 도착하기 직전이었다. 베라는 베로나에 가고 싶어 했다. 발코니를 보고 싶어 했다. 로미오와 줄리엣이 만난 발코니를.

이게 다 무슨 헛소리인가. 얼마나 터무니없고 아무짝에도 쓸모없는 헛소리인가. 롬바르드가 무엇인지 알고 싶으면 백과사전을 찾아보면 되었다. 아니면 프리더에게 물어보든가.

갑자기 그러기가 싫어졌다.

나는 시험에 떨어지고 싶지 않았다.

이젠 그만 미적거리고 싶었다.

이건 엄연히 다른 거였다.

나는 정신이 온전했다. 모든 게 좋았다.

그때가 내가 학업에서 자살한 순간이었다.

피에몬테 주.

"이탈리아 북부 과일 생산의 중심지입니다. 특히 체리가 많이 납니다. 관광지입니다. 고대 미술품이 많이 남아 있습니다. 르네 상스와 고전주의, 바로크와 로코코 같은 것." 내가 말했다.

나는 늘 로코코를 좋아했다. 로코코라는 단어가 좋았다.

"후기 로마네스크 양식의 교회가 많습니다."

호프만은 뭔가를 기록했다. 배석한 시험관은 초록색 눈으로 나를 바라보았다. 흰자위에 미세한 빨간 실핏줄이 가득했다. 잠을 거의 자지 못한 그는 그걸 감추려고 눈을 일부러 크게 떴다.

"그럼 디스콘트는?" 호프만이 물었다.

그건 내 전공이었다.

"슈퍼마켓입니다."●

● 회프너는 디스콘트(Diskont)를 영어에서 차용한 말인 '할인 슈퍼마켓'으로 잘못 이해했다.

"잘 알았네." 호프만이 말했다. "제 생각에 평의는 안 해도 될 것 같습니다."

호프만의 이 말에 배석한 시험관이 어깨를 으쓱했다.

호프만이 내게 말했다. "자네에게 흔쾌히 1점을 주고 싶네."

한시름 놓았다 싶었다. 날아갈 듯한 마음에 호프만을 껴안을 뻔했다.

"그렇게 하면 자네를 졸업시킬 수 있겠지. 그런데 아쉽게도 자네의 어떤 능력 때문에 이 점수를 주어야 하는지 모르겠군."

빵점이었다.

"한 해 더 우리 곁에 있어야겠군. 재미있게 보내게."

재판은 체칠리아가 예언한 대로 진행되었다.

그녀의 부모님이 산 변호사는 체칠리아가 일부 반사회적인 괴물들에게 나쁜 물이 들었다는 걸 판사에게 호소했다. 변호사는 '반사회적 괴물' 대신 '소외 집단 청소년'이라는 말을 썼다.

'임시 보호소에 기거하는 소외 집단 청소년'은 펑크 밴드에 어울릴 만한 이름이었다. 베이스는 닭머슴 회프너가 담당하는.

변호사는 개수대 옆에 달려 있던 테러리스트 포스터에 체칠리아의 사진이 없었다는 논리를 폈다.

체칠리아에 대한 기소는 모든 측면에서 중지되었다. 그녀는 설거지를 한 덕분에 무죄 판결을 받았다.

베라와 파울리네와 나는 절도와 사자 명예 훼손죄로 각각 40시간의 봉사 활동 판결을 받았다.

프리더는 50시간을 받았다. 나무 권총 사건이 더해진 거였다.

하리는 마약 거래와 마약 소지죄로 금고 1년의 집행 유예를 선고받았다. 또한 차량 추격전 때문에 면허 정지 2년을 받았다.

이사하기 전 일주일을 우리——베라와 파울리네와 프리더와 나——는 양로원 지하실에서 보냈다. 지하실에는 주방이 있었다.

아침 여섯 시가 되면 우리는 브레첼에 버터를 바르고 마가린과 잼과 꿀이 담긴 1인분 음식 봉지를 접시에 나눠 담고 비닐 랩을 씌웠다.

한 여자가 우리에게 지시를 내렸다. 몸이 무척 다부졌다. 프리더만큼은 아니었지만 나보다는 꽤 건장했다. 처음엔 요리사인 줄 알았는데 주방 보조 책임자였다.

아침 식사를 내보내고 나면 우리는 큼지막한 스테인리스 들통을 가스 화덕에 올려놓았다. 여기는 모든 게 큼지막했다. 수프 국자는 기다란 자루가 달린 양철 대접만 했다. 들통은 그 안에 들어가 목욕도 할 수 있을 것 같았다.

주전자 물이 서서히 뜨거워지는 동안 우리는 점심에 쓸 재료를 잘게 다듬었다. 우리는 대서양 한복판에서 삭구●에서 끌려나온 밀항자 같다는 생각이 들었다. 양파를 몇 자루씩 손질했다. 자루

하나가 25킬로그램이었다.

프리더가 말했다. "비명 지르지 마! 노인들한테 드릴 건데 뭐가 힘들다고!"

그러곤 낄낄 웃었다.

쉬는 시간에 다른 주방 보조원들이 우리가 무슨 잘못을 저질렀고 왜 여기에서 일해야 하는지 알아내려 애를 썼다. 그러나 우리는 한마디도 하지 않았다. 주방 보조 책임자도 두 손을 들고 이렇게만 대답했다. "난 말 못 해요." 파울리네는 보조원들에게 아주 나지막한 소리로 이야기했다. "경찰은 우리가 테러 단체를 도왔다며 잡아넣으려고 했어요. 하지만 경찰은 그 대가로 평소보다 일찍 일어나야 해요. 안드레아스, 안 그래?"

"구드룬, 그렇고말고." 이렇게 말하고 프리더는 또 낄낄 웃었다.

우리는 아우어하우스가 곧 막을 내린다는 걸 오래전부터 알고 있었다. 그러나 그 이야기를 하면 왠지 더 빨리 끝날 것 같아 겁이 났다.

우리는 늘 아우어하우스 생활이 우리의 정상적인 삶인 듯이 행동했다. 영원히 지속될 것처럼 행동했다.

● 배에서 쓰는 밧줄이나 쇠사슬 따위를 통틀어 이르는 말

프리더가 말했다. "눈을 감고 에어 매트리스에 누워 몸을 맡겨 봐. 부드러운 바람이 불어. 아, 끝내주네. 그런 생각이 들겠지. 지금 난 남은 인생을 여기 이 남태평양 작은 호수에서 보내고 있다는 느낌이 들 거야. 그러다 눈을 뜨면 그냥 준설 호수에서 보내는 어느 날 오후라는 걸 깨닫게 되지. 그리고 그 오후도 휙 하고 지나가버려."

멀리서 보면 아우어하우스는 여느 집과 똑같은 낡은 농가였다.

기와지붕에 군데군데 이끼가 끼었고 건물 전면은 하얀 석면 플레이트로 덮여 있었다.

가까이 다가가야 비로소 작은 분홍색 점이 눈에 들어왔다. 현관문 바로 옆에 있는 점.

그건 하리가 분홍색으로 칠한 우체통이었다. 거친 표면을 보고서야 녹이 슬었다는 걸 겨우 알 수 있었다. 80방 사포로 닦아내고 분홍색으로 칠한 우체통.

우체통 문은 조금 열려 있었다. 엽서가 떨어졌다.

그들이 왜 또 나에게 징병검사를 하겠다는 건지 도무지 알 수 없었다. 내 서류가 아직도 검찰청에 있거나, 아니면 그 사람들이 징병검사에 재미가 들렸는지도 모르겠다. 아침, 점심, 저녁마다 검사하고, 검사하고, 검사하는 일에. 그들은 아무 이상 없는 사람들을 검사하고 전투 수영 부대, 일반인, 무능한 사람으로 분류했다.

그러나 사실 지금 나로서는 어떻게 되든 상관없었다. 나는 엽서를 재킷에 찔러넣었다. 엽서는 때맞춰 와준 셈이었다.

프리더와 나는 차를 몰고 출발했다. 차 뒤에 매트리스와 상자 몇 개를 실었다. 하리가 빌려준 꿀꺽꿀꺽이었다. 어차피 그는 운전할 수 없는 처지였다.

우리는 보행자 전용 구역 앞에서 차를 세웠다. 나는 베를린에 히치하이킹으로 가본 적은 있었지만, 가는 길은 알지 못했다. 프리더도 마찬가지였다. 도로 지도가 필요했다.

우리는 서점에 들어가 지도가 있는 서가로 향했다. 독일 지도, 유럽 지도, 세계 지도가 있었다. 슈투트가르트와 울름과 베를린 지도도 있었다.

프리더는 도로 지도책을 꺼내 한 장 한 장 넘기더니 크레타 섬●을 가리키며 말했다. "우리 지금 여기 가자!"

"꿀꺽꿀꺽을 타고?" 내가 물었다.

"부릉부릉 타고." 프리더가 말했다.

● 지중해 동부 에게 해 남쪽 끝에 있는 섬. 프리더가 좋아하는 영화 「희랍인 조르바」의 주요 배경이다.

갑자기 프리더가 고개를 옆으로 홱 돌리며 요란하게 수선을 떨었다. "저게 대체 뭐지? 아니 저럴 수가!"

그는 진열창을 통해 바깥 거리를 내다보았다. 모든 사람들이 그를 따라 밖을 보았다. 손님도, 판매원도, 나도. 내가 다시 프리더를 쳐다보는 순간 방금 그의 손에 있던 지도책이 사라졌다.

프리더는 고개를 저으며 말했다. "어때? 안 믿어지지? 얼마나 잽싸게 사라졌는지!"

길거리에서 프리더가 말했다. "그런 식으로 쳐다보지 마."

"서점에서 물건을 훔쳐? 너 미쳤어?" 내가 말했다.

"그냥 빌린 거야. 베를린에서 돌아오면 다시 서가에 갖다 놓을 거야. 약속할게. 난 가게에서 뭘 가지고 나오면 늘 다시 갖다 놔."

우리는 보행자 전용 구역을 내려다보았다. 프리더가 정신병원에서 외출하여 도망갔을 때 저 건너편에 있는 콘크리트 피라미드에 함께 앉아 있었지.

그때 콘크리트에는 부랑자들이 무척 많이 앉아 있었다.

여하튼 시는 지금 저 위 계단에 분수를 설치했다. 피라미드를 그냥 수장시켜버린 것이다.

더 뒤쪽에는 아우슈비츠 약사가 경영했던 약국이 있었다. 많은 서랍이 달린 어두운 색깔의 목재 약장에는 아마도 금니가 가득했을 거다.

나는 재킷 주머니에서 징병검사 엽서를 꺼냈다. 벌어진 안감을 지나 재킷 속으로 미끄러져 들어간 터라 꺼내기가 간단치 않았다.

이 엽서를 내가 보관할 수 없다는 게 안타까웠다. 탕탕 서류철에 넣을 세 번째 엽서였는데.

나는 엽서에 적힌 내 주소를 지우고 그 옆에 이렇게 적었다. '반송! 주소 불명!'

나는 우편함 뚜껑을 젖히고 엽서를 집어넣었다.

햇빛이 어느새 무척 강렬해졌다. 하늘이 눈이 시리도록 파랬다. 비행운을 몇 개 보고 싶었지만 새파란 하늘엔 아무것도 없었다. 봄이 파란색 수다를 떨고 있었다. 낭만주의는 내가 좋아하지 않는 시대였다. 파란 하늘에 음속 폭음은 없었다.

부활절 전의 목요일, 성목요일(聖木曜日)●이었다. 울타리 안쪽에 있는 과일나무에 하얗게 꽃이 피었다. 사과나 체리였을 것이다. 어렸을 적 나는 예수가 그렇게 짧은 시간을 살았다는 게 납득이 되지 않았다. 성탄절에 태어났는데 부활절엔 벌써 이 세상 사

● 가톨릭 기념일의 하나. 예수가 죽기 전날로, 밤에 예수가 열두 제자와 최후의 만찬을 나누고 성체 성사를 제정한 것을 기념한다. 3~4월경이다.

람이 아니라니. 그 몇 달 사이에 그는 물 위를 걷고, 빵을 수없이 만들어내고, 절름발이를 걷게 했다.

공동묘지 부속 예배당 앞에 꽤 많은 사람이 서 있었다. 그 언저리에 베라와 하리가 있었다.

"체칠리아는?" 내가 베라에게 물었다.

"미국에." 베라가 대답했다.

더 뒤쪽에 투른슈 박사가 서 있었다. 나는 그에게 웃어주었다. 그는 고개를 끄덕였다. 나는 이제 그를 투른슈라 부르지 않기로 했다. 마음속으로도 그러지 않기로 했다.

보가츠키까지 완전 성장을 하고 참석했다. 그는 모자를 겨드랑이에 끼고 우리가 있는 쪽으로 엄숙하게 걸어왔다.

"그 갈색 머리의 예쁜 여성은 어디에 있나?" 보가츠키가 물었다.

파울리네를 말하는 거였다.

"고인의 우상이었는데."

미처 몰랐다. 그걸 아는 사람은 없었다. 어쩌면 아무도 그녀에게 소식을 전하지 않았을 거다.

나는 바람막이를 벗었다. 그래도 땀이 났다.

보가츠키가 조금 망설이다가 물었다. "고인이 그때 그 사람이지? 맞지?"

나는 베라를 쳐다보았다. 그리고 하리를 쳐다보았다. 우리는 포커페이스를 하려고 애를 썼다.

"크리스마스트리 사건 말이야. 고인이 그 사람 맞지? 고인이 그랬다는 걸 난 알고 있었어." 보가츠키가 말했다.

우리는 포커페이스를 하지 못했다. 심각한 표정을 짓다가 미소를 슬쩍 흘리고 상대의 눈을 바라보는 것. 조금 지루한 척 쳐다보다가 조금 흥미가 생긴 듯 바라보는 것. 그게 포커페이스였다.

능숙한 포커페이스는 상대방의 표정만이 거울처럼 비쳐야 했다.

보가츠키의 얼굴에 우리가 시도했던 포커페이스가 나타났다.

마을 사람 절반이 모였다. 집마다 적어도 한 사람씩은 참석했다.

"걔 부모님 손님이지 걔 손님이 아니야." 베라가 말했다.

사람들은 말이 없이 아주 조용했다.

양계장이 생각났다. 닭들이 도축장으로 갈 화물차에 실리는 순간 늘 조용해지던 모습이.

우리는 예배당 문을 응시했다. 덜커덩 소리가 크게 나더니 안에서 빗장이 벗겨졌다. 그리고 날개 문이 열렸다. 관 받침대가 굴러나왔다. 목사와 또 한 명의 남자가 밀고 있었다.

사람들 틈에서 한숨 소리가 흘러나왔다.

받침대 위에 나무 관이 놓여 있었다. 큼지막한 뚜껑이 달린 거대한 갈색 관이었다. 시신이 앉아 있어도 될 만큼 운두가 높았다. 양 옆구리에는 청동 손잡이가 달려 있었는데 굵직한 문고리처럼 생겼다.

모든 게 사실이었다.

모든 게 완전히 확정되었다.

'어때?' 내가 나지막이 물었다.

프리더의 목소리가 들렸다. '뚜껑 열어. 당황스러워하는 얼굴들이 안 보이잖아.'

나는 받침대를 밀었던 또 한 명의 남자가 누군지 이제 알아보았다. 프리더의 아빠였다.

베라가 프리더의 아빠가 있는 곳으로 갔다. 베라는 그를 껴안고 이야기를 나누었다. 다시 돌아온 베라가 말했다. "운구할 사람들이 안 왔대."

"크리스마스트리 때문이야. 마을 일꾼들에겐 그 트리가 늘 소중했으니까." 보가츠키가 말했다.

나중에 누구에게 아우어하우스와 프리더 이야기를 들려줄 때면 나는 항상 프리더가 마을 한복판에서 그 큰 크리스마스트리를 어떻게 베어버렸는지부터 시작했다.

물론 장례식 이야기부터 할 수도 있었다. 그러나 프리더에 관한 이야기를 결말부터 들려주는 건 뭔가 잘못된 것 같았다.

마치 결말을 가장 중요하게 여기는 것 같았다.

체칠리아가 자기 부모님의 결혼 생활이 '실패했다'고 말한 적이 있었다. 난 그게 완전히 말도 안 되는 표현이라고 생각했다. 체칠리아의 부모님은 결혼한 지 20년이 지났고 얼마 전에 이혼했다. 20년이라면 체칠리아가 세상에 나와 살아온 시간보다 긴 세월이다! 실패한 20년 세월이라고? 그렇게 되면 죽음으로 끝나는 모든 이의 인생을 실패로 규정해야 한다. '향년 100세를 일기로 고요히 영면했기에 그의 삶은 실패했다.'

아우어하우스 생활이 끝난 후 프리더는 정말 자전거 수리공이 되어 헤센 주의 소도시에서 실습을 시작했다. 그는 가구 딸린 방을 얻어 이사했다. 언젠가 그가 사는 곳을 방문한 적이 있었다. 방은 작고 을씨년스러웠다. 파티클 보드로 만든 서랍장과 침대 하나가 전부였다. 그 도시는 보행자 전용 구역도 없는 곳이었다.

그러나 대부분 프리더가 나를 찾아왔다. 그의 고용주의 형이 매주 금요일 오후가 되면 베를린으로 차를 몰고 왔는데 그때마다 프리더를 태우고 왔다.

우리는 만나면 내가 사는 집 부엌의 작은 식탁에 앉아 피곤해질 때까지 이야기를 나눴다.

토요일 아침에는 금요일 밤에 중단했던 대목부터 대화를 이어갔다.

프리더는 사람들 틈에 있는 걸 두려워했다. 그는 혼자였다. 그리고 몸이 마비된 듯 무력하게 지냈다. 그는 달라지고 싶어 했다. 하지만 달라질 수가 없었다.

나는 아르바이트를 하러 다녔다. 계단을 청소하는 일이었다. 내가 치즈와 빵과 이미글리코스를 사가지고 집에 오면 프리더는 아침과 다름없이 계속 똑같은 곳에 앉아 있었다.

"언제나 똑같아. 전혀 달라지지가 않아." 프리더가 말했다.

"달랐던 적도 있었어. 네가 잊어버렸을 뿐이야." 내가 말했다.

우리는 토요일에도 피곤해질 때까지 하루 종일 이야기를 나눴다. 일요일 아침에는 토요일 밤에 중단했던 곳부터 대화를 시작했다. 사실 우리 둘 다 잘 알고 있었다. 우리가 그의 인생에 대해 이야기했다는 것을.

나는 우리 대화가 제자리에서 맴돌고 있다는 걸 말할 용기가 없었다. 그렇게 생각하고 싶은 마음조차 없었다.

대화를 하지 않을 때면 우리는 그냥 앉아 아무 말도 하지 않고 생각의 나선을 따라 곰곰 생각에 잠겼다. 그 나선은 평범한 사람은 알아채지 못할 정도로 서서히 중심에 가까워졌다.

나는 이삿짐을 오래도록 풀지 않고 그냥 두었다. 짐에선 내가 생각지도 못했던 물건들이 계속 나왔다.

아우어하우스를 방문한 사람들이 부엌에 남겨놓은 메모도 그런 것들 중 하나였다. 그때 부엌 식탁에는 늘 메모지 묶음이 있었고 옆에는 잘 써지는 볼펜이 놓여 있었다.

나는 메모를 전부 모아두었다. 메모 수신인이 보기 전에 식탁에서 치워버린 것도 많았다.

나는 메모들을 A4 용지에 붙이고 날짜를 적은 뒤 서류철에 넣었다. 서류철 바깥에는 '인류의 기억'이라고 적었다. 그냥 '메모'라고 적을 수도 있었지만, 왠지 '인류의 기억'이 더 어울릴 것 같았다.

중앙 잠금장치 악셀이 남긴 메모도 있었다.

'체칠리아, 전화해줘! 악셀.'

'체칠리아, 전화해줘! 악셀.'

'체칠리아, 제발 꼭 전화해. 아니면 잠깐 들르든가! 악셀.'

'체칠리아, 연말연시 일은 미안했어. 왜 연락을 안 하는 거야? 악셀.'

엄마가 남긴 메모도 있었다.

'아우어하우스 여러분, 가지가 아직 먹을 만해요. 겉이 벌써 갈색이 됐지만. 납작하게 썰어서 소금과 마늘을 넣고 기름에 볶아요. 테레지아 회프너.'

보가츠키의 메모도 있었다.

'친애하는 프리더 비틀링거 군, 이제부터 자네에게 페니 슈퍼마켓 출입 금지령이 내려졌다는 사실을 알리네. 덧붙여 슈퍼마켓 관리인이 형사 고발을 포기했다는 사실도 함께 전하네. 그럼 이만. 게르하르트 보가츠키.'

"거긴 어차피 더 갈 용기도 나지 않았어." 프리더가 말했다.

메모 하나는 방문객이 아닌 베라가 남긴 것이었다. 그것도 부엌 식탁에 놓여 있었다. 달랑 하트만 그려져 있고 수신인 이름이 없었다. 하리에게 남긴 걸까? 아니면 내게? 혹은 우리 모두에게?

"베라는 뻔뻔스러울 때가 많았어." 프리더가 말했다.

"난 그렇게 생각하지 않아." 내가 말했다.

"아니, 너도 그렇게 생각해." 프리더가 말했다.

프리더는 일요일 밤에 돌아갔다.

아우어하우스는 끝났다. 프리더는 옛날과 다름없이 혼자가 되었다.

그러나 지금 그는 옛날과 지금이 무엇이 다른지 알고 있었다.

하리가 관 손잡이를 잡았다.

"아프지 않아? 어깨에 메!" 베라가 말했다.

장롱만 한 관을 어깨 위로 들어올리려 했지만 우리는 키가 제각각이었다. 우리는 예전에 시계 반대 방향으로 돌며 자전거 경주를 할 때처럼 이리저리 자리를 바꾸다가, 마침내 각자 알맞은 자리에 섰다. 키가 작은 사람들은 발치인 관의 앞쪽에 자리 잡았다. 베라와 프리더의 아빠였다. 키가 큰 하리와 나는 머리맡인 뒤쪽에 섰다. 가운데 두 지점에 목사와 보가츠키가 자리 잡았다.

"더는 안 되겠어." 얼마 후 하리가 말했다.

"자리 바꿀까?" 내가 물었다.

"잠깐만요!" 하리가 외쳤다.

그는 관 밑을 기어 내 쪽으로 건너오고 나는 하리가 있는 쪽으로 기어갔다. 관이 뒤로 기울었다. 내가 다시 들어올렸지만 관은 여전히 흔들렸다.

구덩이 위에 널판이 깔려 있었다. 우리는 거기에 관을 내려놓았다.

우리가 굵은 밧줄로 관을 살짝 치켜들자 목사가 널판을 뺐고, 그다음에 프리더를 아래로 내려보냈다.

목사의 추도사는 짧았다. 성목요일, 십자가에 못 박힌 예수, 부활. 우리를 죄에서 구하소서.

베라와 하리는 한참 운 얼굴이었다. 피곤하고 슬퍼 보였다. 두 아이는 정말 어른 같았다.

프리더의 부모님 다음으로 베라가 묘로 다가갔다. 그녀는 모래한 줌을 집어 아래로 던졌다.

다음은 하리.

다음은 내 차례였다.

나는 아래를 내려다보았다. 구덩이가 어마어마하게 깊었다. 갑자기 관이 무척 작아 보였다.

관 위에 배드민턴 셔틀콕이 놓여 있었다. 베라가 던진 거였다. 그 옆엔 불룩하게 말아놓은 커다란 조인트가 있었다. 진짜 곤봉 같았다. 최후의 심판 날까지 피워도 충분해 보였다.

프리더에게 모래를 뿌리고 싶지 않았다. 나는 흙바닥에 앉아 있는 힘껏 아래로 손을 뻗었다. 그리고 티셔츠를 관 위에 떨어뜨렸다. 노란색 옷감 사이로 뭔가 하얀 게 보였다. 나는 깜짝 놀랐다. 가격표를 떼지 않은 거라고 잠시 생각했다. 하지만 그건 세탁 표시 라벨이었다.

옥센 식당에 가려면 물레방아 도랑을 건너야 했다. 도랑은 눈에 보이지 않았다. 지하에 배수관을 만들고 그 위를 콘크리트 패널로 덮었기 때문이다. 눈에 보이지 않았지만, 마을 진입로의 도랑은 작은 개울에서 갈라져 나갔다. 도랑물은 눈에 보이지 않게 마을을 통과하고 목골조인 물방앗간을 지나갔다. 막돌을 쌓아 만든 물방앗간 기단부에는 한때 물레방아 바퀴를 지탱했던 나무 말뚝만 우뚝 솟아 있었다. 마을 진출로에 이르면 도랑물과, 이용되지 않은 도랑물의 힘이 다시 보이지 않게 개울로 흘러들어갔다.

프리더의 목소리가 들렸다. '물의 에너지야. 힘이 아니고!'

검은 양복과 정장을 입은 거대한 개미들이 콘크리트 패널을 가로질러 옥센 식당 쪽으로 기어갔다.

옥센 식당에서는 매주 화요일에 농촌 여자들이, 금요일에는 남성 합창단이 모였다.

프리더는 옥센 식당을 싫어했다. 그곳의 돼지고기 구이도, 감자와 갈색 소스도, 농촌 여자들과 그들의 논밭도, 남자들과 그들이 부르는 노래도 싫어했다.

식당 내부 벽엔 어두운 판자가 대어져 있었다. 엄마 남친도 그보다 더 형편없이 꾸미지는 못했을 거다. 커튼은 농부들의 입담배 타르에 찌들어 갈색이었다.

그날 오후 옥센 식당 안으로 빛이 들어왔다. 햇빛이 타르 틈새를 비집고 들어와 무늬목 위에 길쭉하게 비쳤다. 프리더의 목소리가 들렸다. '저것 봐. 감옥 창살이야.'

"걔가 결국 일을 저지르고 말았어." 하리가 말했다.

"그냥 복용량을 잘못 계산한 것일 수도 있어." 베라가 말했다.

프리더는 죽고 나서 며칠 뒤 침대에 누운 상태로 집주인에게 발견되었다.

그의 부모님은 부고에 '오랜 투병 끝에⋯⋯.' 라고 적었다. 그건 사실이자 거짓이었다.

사망 날짜는 적혀 있지 않았다. 의사가 알아내지 못했기 때문이다.

"약을 먹고 자살하는 건 멍청한 방법이야." 하리가 말했다.

"약을 먹어도 죽지 않으면 사람들은 모두 이렇게 생각해. 구조되려고 그냥 그래 본 거라고." 베라가 말했다.

"만일 죽으면, 그건 사고인 거고." 내가 말했다.

프리더는 그때, 그러니까 처음 약을 먹었을 때 왜 죽으려고 했을까? 이 문제를 놓고 프리더와 이야기를 나누면 나눌수록 내 의문은 점점 색이 바래갔다. 그러다 결국엔 사라졌다. 나는 대답을 찾지 못했는데, 의문은 언제인지 모르게 없어졌다.

자살에 성공한 지금, 프리더는 자살에 실패했던 그때와 똑같은 이유로 자살을 시도했을까? 만약 내가 결심을 해야 한다면, 난 차라리 더 많은 가능성을 남겨둘 가능성을 택할 것이다. 내가 오늘 자살하지 않는다면 내일은 그래도 자살할 수 있다. 그러나 오늘 자살하면 내일은 더는 자살할 수 없다. 너무나 당연한 얘기이다.

아무래도 상관없다.

아니다. 상관있다.

"그 며칠 전에 프리더가 내게 전화했어. 아주 잘 지내고 있는 느낌이었어. 걔는 정말 기분이 좋았어." 내가 말했다.

식당 주인이 구운 소시지와 감자 샐러드를 내왔다.

"차지키는 없어." 베라가 말했다.

"요구르트 한 병에 마늘 두 통." 하리가 말했다.

"쪽! 마늘 두 쪽!" 베라가 말했다.

"발가락이나 발이나 다리나 모두 똑같아." 하리가 말했다.

"몸이나 마을이나 인류나 다 똑같아." 베라가 말했다.

"넌 요즘 뭐 해?" 내가 하리에게 물었다.

"옷 디자인. 음악을 만들 수 있는 옷. 로리 앤더슨을 아니?" 하리가 물었다.

"아니."

"네가 지금 베를린에 있다는 게 웃겨. 감옥에 있으면 군대에 갈 필요가 없고, 정신병원에 있어도 갈 필요가 없잖아. 베를린은 둘 다야. 감옥이자 정신병원이야. 그러니까 넌 군대에 안 가도 돼." 하리가 말했다.

"베를린이 지도에 어떤 모양으로 그려져 있는지 본 적 있어? 꼭 서독의 생각 풍선처럼 생겼어. 안 그래? 베를린 인구가 몇 명이야?" 하리가 물었다.

"서베를린? 200만 명쯤." 내가 대답했다.

"200만 개의 서독 생각이네." 하리가 말했다.

"넌 아비투어 다시 볼 거야?" 하리가 물었다.

"생각 없어. 일해야 돼." 내가 대답했다.

"증명서 만들어주는 사람을 내가 알아. 시험 성적 평균까지 네가 고를 수 있어." 하리가 말했다.

나는 생각에 잠겼다.

"2.9. 제법 그럴듯하지 않아?" 내가 물었다.

"어쨌든 1.0처럼 가짜 같아 보이지는 않네." 하리가 말했다.

커피를 마셨다.

맥주도 마셨다.

우리는 소리 내어 웃었다.

프리더의 엄마는 식탁 서너 개 떨어진 한쪽 구석에 돌처럼 앉아 있었다.

프리더의 아빠는 그 옆에 앉아 말없이 실내를 응시했다. 주먹 쥔 그의 손이 식탁보 가장자리에 올라가 있었다.

화장실로 가는 복도 벽에 동전을 넣는 전화기가 달려 있었다. 보가츠키가 통화하고 있었는데, 내가 두 번째로 화장실을 갈 때도 그는 여전히 통화 중이었다.

프리더의 아빠가 우리 식탁으로 왔다. 그는 자리에 앉지 않고 선 채 몸을 굽혔다.

"프리더 유품을 정리했어요. 거기에 일기가 한 권 있었어요." 그가 말했다.

프리더 아빠의 목소리는 따뜻하고 다정했다. 그의 사투리 발음은 우리 엄마와 마찬가지로 또렷하지 않았다.

문득 프리더의 아빠와 한 번도 말을 나눈 적이 없었다는 사실을 깨달았다. 그는 무척 조용조용히 말하면서 자주 더듬거렸다. 너무 슬픈 나머지 목소리에 힘이 하나도 없었다. 그래도 절제력이나 의무감으로 몇 마디 말을 간신히 건넸다.

프리더의 아빠가 몸을 일으켰다. 그는 무슨 이야기를 하고 싶어 했지만 매번 처음 몇 마디만 자꾸 되풀이했다.

"시간!" 마침내 그가 말했다.

그리고 그는 깜짝 놀랐다.

자신의 목소리가 너무 컸던 거다.

다른 사람들도 모두 깜짝 놀랐다.

실내에 있는 사람들이 전부 입을 다물었다. 평소 소심하던 이 남자가 인사말을 하려는 거였을까?

프리더의 아빠는 좌중을 돌아보고는 당황하여 고개를 저었다. 사람들이 다시 웅성거리기 시작했다.

그는 식탁 위로 몸을 굽혔다.

"아우어하우스에서 보낸 시간. 아우어하우스에서 보낸 시간이 가장 멋진 시간이었대요. 일기에 그렇게 적었어요." 그가 조용히 말했다.

프리더의 아빠까지 '아우어하우스'라고 말하는 게 신기했다. 그곳은 그의 집이었는데.

"성탄 전야에 베어버린 크리스마스트리에 대해서도 적었어요.

뭐라고 썼느냐면⋯⋯." 이제 프리더의 아빠는 사투리에서 표준어로 바꿔 쓰려고 애를 썼다. "나는 돌지 않았다. 모든 게 좋았다."

프리더의 아빠는 몸을 굽힌 채 그대로 서 있었다.

그는 우리를 한 사람씩 바라보았다. 하리와 베라와 나를.

그는 입술을 깨물고 말했다.

"주님이 그 아이를 벌하실 거예요. 그러나 어쩌겠어요."

보가츠키가 우리 식탁으로 왔다. "갈색 머리 여성이 어디에 있는지 말해주지. 파울리네였던가?"

우리는 고개를 끄덕였다. 보가츠키는 자리에 앉아 한숨을 쉬었다.

"10년 형을 받았어. 방화를 해서 사망자가 생겼다는군."

감옥과 정신병원, 감옥과 정신병원. 나는 속으로 중얼거렸다.

식당 주인이 잔이 담긴 쟁반을 하나 더 식탁에 거칠게 올려놓았다. 베라가 식탁 밑에서 내 손을 잡아당겼다. 그녀는 일어나 밖으로 나갔다. 나는 뒤따라 나갔다. 하리도 우리 뒤를 따라나왔다.

베라는 소방서 앞에서 멈춰섰다. 우리가 선 곳에서 10미터 위에 있는 탑에 버섯 모양의 사이렌이 있었다. 1년에 두 번 수요일 열 시에 훈련 경보가 울렸다. 평탄음, 파상음, 평탄음. 경보는 언

젠가 나타날 러시아인을 겨냥한 거였지만 그게 언제일지는 아무
도 몰랐다. 만약 내가 러시아인이었다면 수요일 열 시에 나타났을
테고, 그러면 모두 나를 연습용이라고 생각했을 거다.

"무슨 일이야?" 하리가 물었다.

베라는 우리가 직접 알아맞힐 수 있다는 표정으로 쳐다보았다.

"빨리 말해." 내가 말했다.

"대체 어디에 있을까……." 베라는 잠시 뜸을 들였다. "……그
도끼 말이야."

현관문은 잠겨 있지 않았다. 가택 수색을 당한 뒤 빗장도 떨
어져나갔다.

만약 도끼를 찾아낸다면 그걸 어떻게 해야 할까? 내가 베를린
으로 가져가야 할까? 아니면 얼른 프리더의 무덤에 갖다 놓아야
할까? 도끼가 관 뚜껑 위에 있으면 아무짝에도 쓸모가 없다. 그
빌어먹을 관을 때려부수려면 관 속에 있어야 한다.

"난 안 들어갈래." 하리가 말했다.

베라와 나, 우리 두 사람은 외양간과 건초 보관소와 지하실을
살펴보았다. 진흙 구덩이엔 썩기 시작한 두꺼비가 두 마리 있
었다.

우리는 위층으로 올라갔다. 계단이 그렇게 닳았다는 걸 이번에
처음 알았다. 나무가 움푹 패고 냇가 조약돌처럼 반질반질했다.

우리는 장롱, 지붕의 경사진 공간 밑, 욕조 뒤까지 사방을 샅샅이 살펴보았다. 마지막으로 창문이 없는 방, 즉 암실까지 뒤지기로 했다. 나는 조명 스위치를 눌렀지만 불은 들어오지 않았다.

"묘한 방이야." 내가 말했다.

"여긴 아이 방이었어. 프리더네 식구들이 농가를 새로 지어 나가기 전까지." 베라가 말했다.

"너 나 놀리니?" 내가 말했다.

그러나 나는 베라가 나를 놀리지 않았다는 걸 알고 있었다.

우리는 도끼는 찾지 못한 채 다시 그곳을 떠났다.

문을 열고 들어가 배낭을 침대 옆에 내려놓자마자 초인종이 울렸다. 저녁에 오는 집배원이라니. 내가 사는 곳은 도로 뒤편 두 번째 집 5층이었다. 집배원이 나를 찾아냈다는 게 신기했다. 어쩌면 그냥 내 뒤를 따라온 건지도 몰랐다.

그는 내게 작은 소포 하나를 내밀었다. 앞면에 우표와 스티커가 잔뜩 붙어 있었다. '항공 우편', '우선 취급', 빨간 줄 위에 찍힌 '급행'이라는 표시, 세관에서 붙인 초록색 딱지. 그 사이에 깨알만 한 글씨로 내 주소가 적혀 있었다.

상자 안에는 카세트테이프가 있었다.

나는 지하철역에서 산 캔맥주를 땄다. 캔 주둥이에서 거품이 올라왔다. 거품을 핥아먹다 혀를 베었다. 나는 테이프를 녹음기에 꽂았다.

바이올린 음악이었다. 소리가 아주 형편없었다. 체칠리아가 욕실에서 연주한 듯한 울림이었다.

음악이 무척 슬펐다. 무슨 곡인지는 알 수 없었다.

한동안 나는 마음속으로 프리더와 대화할 수 있다는 생각에 빠져들었다.

'어때?' 내가 물었다.

'잘되겠지.' 그는 이렇게 말했다.

'잘 안 돼.' 때론 이렇게도 말했다.

그러나 나는 곧 내가 대화하는 상대가 내가 상상하는 프리더, 내가 기억하는 프리더일 뿐이라는 걸 깨달았다.

그러니까 말하자면 나 자신과 이야기하는 거였다.

나는 그냥 나 자신과 이야기하기로 했다.

여하튼 며칠은 그렇게 지냈다.

그러다 나는 다시 프리더와 이야기를 나누기 시작했다.

청춘의 집, 아우어하우스

초판 1쇄 발행 2017년 7월 5일

원작 AUERHAUS

지은이 보프 비에르크

옮긴이 이기숙

발행인 도영

표지 디자인 신병근

내지 디자인 손은실

마케팅 김영란

발행처 그러나 (등록 2016-000257호)

주소 서울시 마포구 동교로 142, 5층(서교동)

전화 02) 909-5517

팩스 0505) 300-9348

이메일 anemone70@hanmail.net

ISBN 978-89-98120-41-2 03850